その意図は見えなくて

藤つかさ

双葉文庫

その意図は見えなくて

目次

その意図は見えなくて

「ありえないと思いますよ」

一通り考えてみて、結局僕はそう言った。

間の悪いことに、生徒会室の窓枠で油蟬《あぶらぜみ》が鳴き始めた。選挙管理委員の生徒たちの視線は僕に集まるが、今何を言っても蟬にかき消されてしまうのは明らかだった。

やはり、こんな場で発言をするのは性にあっていない。どう振る舞えばいいのか分からず、僕はもぞもぞと座り心地の悪いパイプ椅子に背を預けた。

夕暮れを待つ七月の空は、夏の色を帯びつつあった。せっかちな蟬はすぐそこに来ている夏を呼びつけるように、必死になって鳴いている。その苛烈さに比べると、確かに僕の話はそれを遮るほど重要なものではないように思えてくる。

少なくとも、僕の話は机上にある問題を解決するものではない。

机上には三つの紙の山がある。あるのは、先ほど開票が終わったばかりの八津丘《やつおか》高校生徒会長選の投票用紙だ。

一つの山は信任票。一つの山は不信任票。一つの山は白票。

一番高い山は信任票。

次いで高いのは、白票だった。

「氷室《ひむろ》がいじめられてるなんて、ありえないと思いますよ」

蝉が茹《ゆだ》るグラウンドへ飛んで行くのを見届けて、僕は口を開いた。「だって生徒会長に立候補したのは、氷室聖二《せいじ》ですよ？　あの人気者がいじめで白票を入れられたっていうのは、ちょっと違うんじゃないかって思いますけど」

「あたしも清瀬《きよせ》と同意見ですね」

思いがけず言葉を拾ってくれたのは、三年生の佐竹優希《さたけゆうき》先輩だった。彼女が陸上部を引退してから一月ほど経つ。顔を合わせるのは久しぶりだったが、深いえくぼといたずらっぽい八重歯を覗かせる、軽快な話し方は相変わらずだった。

「あたし二年生のことよく分からないですけど。氷室君、三年生でもわりと評判いいですよ。イケメンだしサッカー部の部長だし、勉強もできるって話だし」

真っ先に同調したのが佐竹先輩だったのが、いささか不気味だった。しかし、安堵の方が大きかった。誰も反応せず話が進まない、というのが今一番避けなければならないシナリオだった。

どうやら、ほっとしていたのは僕だけではないようだった。部屋の隅で物憂げな表情を浮かべていた生物担当の諏訪野《すわの》教諭も、安心したように長く息を吐き出した。

「お前らの言う通りだよなあ、やっぱり。そりゃ、氷室がいじめられてるなんてことねえだろうさ。何かイレギュラーがあったってことだろ。うん、そうに決まってる」

教師としては、いじめがあるという結論は何としても避けたいところなのだろう。その安堵を素直に態度に出すところが、諏訪野教諭の評価を分けている。教師らしく威厳を持ってほしいと眉をひそめる生徒もいる一方、立ち飲み屋のおじさんのような雰囲気に好感を持つ生徒もいる。僕はどちらかというと後者だった。

「しかしそうすると、清瀬よお」

ヘビースモーカーの諏訪野教諭の声は、三十代前半とは思えないほど掠《かす》れている。いつも着ている白衣が黄ばんでいるのも、煙草が原因なのは間違いない。「ならこの白票はどう説明したらいいんだ？　俺の見立てだと、開票作業に怪しい動きはなかったと思うがな」

「うーん、そうですよね」

僕がそう応じると、諏訪野教諭はあからさまに不満げな表情を浮かべた。無精ひげを無造作に撫でまわす。

「なんだ、清瀬。何か思いついたことがあったわけでもないのか？」

「すみません、何もないです」

今度はベランダで蟬が喚き始めた。

諏訪野教諭が立ち上がって、窓をぴしゃりと閉める。書棚の上の古強者の扇風機の音が、雑多な生徒会室に大きく響く。諏訪野教諭は大儀そうに肩を叩きながら、「職員室に行く」と涼しい部屋へと逃げて行った。

＊

今期、八津丘高校生徒会長に立候補したのは、僕と同じ二年生の氷室ただ一人だった。前生徒会副会長として学校側の信頼も厚く、サッカー部部長として生徒に顔がきく。眉目秀麗、博学多才。

なにより、それでいて生真面目すぎない。

高校生の支持を集めるには、それが不可欠だ。政治の話からアイドルの話まで、話題は尽きない。模試の順位で称賛されることもあれば、友人からいじられて笑われ役に徹することもできる。教師は彼を叱りながらも、苦々しげに笑って許してしまう。氷室はいつも爽やかで、嫌みがない。端的に言うと、友達が多い。

そんな氷室が、実はいじめを受けていて生徒会長に支持されなかったという事態が、僕には想像できなかった。開票の際、黒板に記した各クラスの集計表を、僕は見るともなく見ていた。

「ねえ清瀬。珍しいね」

いつの間にか隣に佐竹先輩が座っていた。頬杖をついて、覗き込むように見上げてくる。生徒会室の長机はロの字形になっているが、席は指定でない。開票作業を担当した選挙管理委員が、諏訪野教諭が帰ってくるのを手持ちぶさたに待っている。この学校は一学年六クラスだ。選挙管理委員は各クラス一名でそれが三学年だから、計十八名がこの狭い部屋につめこまれている。

「なにがです？」

僕が答えると、佐竹先輩は探るように角度を変えて僕を見た。彼女の細い髪は、華奢な肩にかかり外側に跳ねている。陸上部を引退してから伸ばし始めたのだろう。

「なにって、清瀬が大勢の前で発言する事が珍しいなあって」

「そうですか？」

「そうよ。キミ、人前で発表するのが嫌いだって、昔から言ってたじゃない？」

抑揚があって、軽やかで、佐竹先輩の話し方は聞き手を彼女へぐっと引き寄せる力がある。佐竹先輩とは小学校から高校まで同じ学校に通っているが、昔からこの口調だけは変わらない。愛嬌がある、というと少し知的な成分が足りない。魅力的、というのが一番近いかもしれない。

「単純に、氷室がいじめられてるってのはないかな、って思っただけですよ」

と、僕は説明する。しかし、佐竹先輩はまだ腑に落ちていないようだった。

「ま、それはそうなんだけどさ。氷室君をそうやって擁護するほど、キミって彼と仲良かったっけ？」

「一年生の頃クラスも一緒でしたし」

「ふうん？」

「まあ、何より早く部活に行きたいですしね。期末テスト明けなのに動けないなんて、最悪ですよ」

「でもあんたのせいで、それも難しくなったんじゃないの？」

高い声で口を挟んだのは、佐竹先輩の右隣に座る秦《はた》ちなつだった。

「あんたが変なこと言わずに適当にやり過ごしてたら、諏訪野先生がうまくまとめてくれてたかもしれないのに。そうすれば、いつも通り選挙結果のポスターを作って掲示板に張って、すぐに部活に行けてた」

歯切れよい声を発する度に、うなじで一つに束ねた髪が子犬の尻尾のように跳ねた。ちなつは初夏の早朝のように、きびきびと気持ちよく僕をけなす。「せっかく久しぶりに気持ちよく走れると思ったのにさ」

ちなつが僕に嚙みつくのは生まれてこの方ずっとそうで、もはや響かない。彼女は小さな顎《あご》を上げ眉間にしわを寄せ、断定的な言葉が溢れる唇をきゅっと結んで僕を眺めている。僕に対してよく見せる表情で、それは競技場でガムを吐き捨てているランナーを見る表情と大体同じだ。

それにしても、と僕は話題を戻した。

「諏訪野先生が帰ってこないな。職員室で何してるんだろ」

「……」

「いろいろあったからじゃない？」

ちなつに無視された言葉を、佐竹先輩が掬《すく》いあげてくれる。彼女は持ち込んだ参考書を気だるそうに開いていた。僕は佐竹先輩に尋ねる。

「いろいろって何です？」

「最近退学者が出たばかりだから」

「だから？」

「ま、何事も丁寧に対処したいんでしょ」

と、佐竹先輩は興味が無さそうに、参考書を一ページ繰った。

一か月ほど前、三年生の数人が教員の更衣室に忍び込み盗難をした。佐竹先輩はそのことを言っているのだ。地方紙の片隅に掲載された程度だったが、警察まで来る騒動になった。学校側も対応に追われたと聞く。

砂埃《すなぼこり》の舞う灰茶色のグラウンドに目をやる。サッカー部はグラウンドを周回している最中で、そこに氷室がいるかどうか、ここからは分からない。

「何にしても、いじめはないと思いますよ。そもそも氷室をいじめられるほど影響力のある人間なんて思いつかない」

「氷室君って、二年生で一番人気者な感じだもんね。三年生の間でも評判いいよ」

「求心力があるんですよ。人が集まってきますから、あいつの周りには。良い奴ですからね」

佐竹先輩は参考書から視線を上げ、まじまじと僕を見つめた。

「なんですか」

「や、清瀬がそんなに具体的に人を誉めるなんて、珍しいと思って」

「そんなことないと思いますけど」

「けど、あんまり無いでしょ。ユウ君くらいじゃない？　いつも誉めてるの。そういえばユウ君、氷室君の応援演説したけど、格好よかったね」

ですよね、と即座に反応したのはちなつだった。

「ユウくん、最高でしたよね。なんというか、もう最高」

ちなつは餌をほおばったリスのようだ。僕には絶対に見せない表情だった。

僕とちなつとユウは幼なじみだ。佐竹先輩も同じ小学校だから幼なじみと言えなくはないが、ユウとちなつとは保育園の頃から一緒だった。

ちなつのユウへの情熱は相当なもので、これは昔からずっとそうだ。特に中学生になってから、一段と熱を帯びたように思う。高校生の今、それは多分、恋愛感情と呼べるものになっているのだろう。

「ユウらしかったよな、良くも悪くも」

「あんたには話してない」

ちなつが僕に一段と厳しくなったのも、中学生の頃だったろうか。

「ユウ君、もう、本当によかった」

応援演説にあてられた時間は三分間だった。三分といえば陸上部が大体一キロメートルを走る程の時間で、聴衆に語りかけるには十分とは言い難い。校長なんて二十分話しても、話したいという執着心しか伝わってこない。

しかし、ユウは違った。

「ええっと」

というわずかな躊躇《ためら》いから、ユウの応援演説は始まった。原稿はなく、聴衆を直視してユウは語った。

ユウは、氷室がいかに頭がいいか、教師からも友人からも信頼が厚いか、そういった類《たぐい》のことをたどたどしくも実直に語りかけ、そうして最後にこう締めくくった。

「今回、氷室に応援演説を頼まれた時、俺、本当にうれしかったんです。面倒だな、と思う場面でも、氷室に言われると前向きに頷いちゃうんですよね。氷室に頼られてるのが、心底嬉しくなる。……うん、俺、こうして氷室の応援ができて本当によかったです」

ユウの演説が終わった瞬間の静寂、それは深雪の早朝のようだった。清廉でしかし深みがあった。感嘆と嘆息の入り混じった異様な空気だった。

決して上手い演説ではない。しかしそこにはそう感じさせる人間性があった。

昔からユウはそうなのだ。実直で、無垢で、潔白。

「はっきり言って、ユウ君の演説は氷室君より、全然よかった」

と、ちなつは元も子もないことを言う。

「ま、だから余計、この状況は理解できないよね」

そう佐竹先輩が苦笑いを浮かべた時、ちょうど生徒会室のドアが開いた。

佐竹先輩はパタン、と本を閉じる。大学入試の古典の参考書だった。佐竹先輩ほどの頭脳でもやはり受験勉強はしないといけないものなのだな、と平凡な僕は平凡な感慨を覚える。

＊

「まあ、あれだな。これまでの選挙で、白票がここまで多かったことはないな」

と、諏訪野教諭は首にかけたタオルで汗を拭いながら、青いチューブファイルを開いた。いくつか付箋が貼られているところを見ると、職員室で何やら確認していたのだろう。実はこういう丁寧なところがあるのも、諏訪野教諭の魅力の一つだと思う。

「ちなみに、生徒会役員選挙管理規程の第五条第三項は次の通りだ。『選挙は全校生徒の三分の二以上の有効投票を必要とする』。黒板の集計数にあるとおり、今回白票が三分の一を超えてる。つまり、その規程を準用すると、今回の選挙が無効となる」

わざとらしいほど淡々としているせいで、まるで頭に入ってこない。聞き流してくれと言わんばかりだった。

「……ええっと。無効ということは」

僕は頭を整理しながらの発言になる。

「やっぱり、再選挙になるってことですか？　白票多数によって立候補から募ることに？」

「そうだな。この規程の趣旨からいうと、再選挙ってことになるだろうな。選挙そのものが無効になるわけだから、立候補からやり直すことになる」

「それじゃあ立つ瀬がありませんよ。氷室の」

諏訪野教諭の肉のない頬が引き締まった。微笑みだと気づくのに、少し時間がかかった。

が、すぐにいつもの分かりやすく覇気のない表情に戻って、

「ま、そうだな。規程でそうなっている以上、これは変えようがない」

けど、と続く言葉には、先ほどとは比べ物にならないほど抑揚がついていた。

「仮にだけどな、これが単なる白票じゃなく、なにかしらの不正があった場合は別だろうな。それは第五条第八項にある通りだ。いいか、読むぞ。『投票又は開票作業中等に不正が発覚した場合には再投票とする』。つまり不正だと選挙管理委員が判断したら、『再選挙』じゃなく『再投票』になるってことだ」

生徒の多くが理解していないのを察して、佐竹先輩が簡単に補足してくれる。

「要は、『選挙管理委員会が不正と判断した場合は、もう一度選挙演説も応援演説もしなくて済む』ってことですね？ あくまで『再投票』なわけだから。もちろん、立候補者も氷室くんのままなんですね？」

諏訪野教諭は大きく頷いた。

「そういうことだ。審議事項は選挙管理委員会の多数決だから、お前らが不正かどうか判断しろ。ただ、不正と判断するにはそれなりの根拠が必要だ。氷室がいじめられてないとすれば、なんでこんなことが起こったのか、職員会議で説明できる根拠がいる」

諏訪野教諭は丁寧に言葉を選んでいるようだった。十分に選んで、低い声で付け加える。

「ま、上手くやってくれ」

「なるほどです」

と、佐竹先輩はあっさりと頷いた。

「なら、とっとと議長を決めて片づけちまってくれ。……ああ、そうだな。時間もないし、議長くらいは推薦しとくか」

ちら、と目だけを動かして諏訪野教諭が捉えたのは、一人の女子生徒だった。ボウタイの赤色で三年生だと分かる。

「なあ、鴻巣《こうのす》。こういうの得意だろ、お前。議長やってくれよ」

鴻巣先輩は、銀縁の眼鏡を丁寧に拭いた。了解した、という意味らしい。黒い長髪が濡れたように光っている。とても綺麗な人だが、どこか他者を寄せ付けない鋭さが漂っていた。まるで、人形のようだな、と思う。

「みんなも、どうだ。鴻巣でいいだろ」

誰も返事をしない。もちろん、異論はなかった。

押さえつけるような不快な暑さ、煩《うるさ》い扇風機、生徒会室の前を通り過ぎる放課後の談笑。この状況で選挙管理委員会のことを真剣に考えている生徒がいたとすれば、すぐに陸上部へ勧誘する。きっとレースの後半に捲《まく》るような、我慢強いランナーになる。

「諏訪野先生が言った『こういうの得意』って、どういう意味なんでしょう?」

机の下で参考書を開く佐竹先輩に、僕は小声で尋ねる。佐竹先輩は目元に落ちた髪をかき上げて、短く答えた。

「鴻巣が犯人を見つけたのよ、退学者の出た例の盗難事件。さながら名探偵ってところだね」

「では早速、事件の概要を確認していきたいと思います」

名探偵の声は清涼感のある凛とした響きだった。蒸し暑さで弛緩した空気を、一直線に切り裂くようだった。

「確かに、これは不正があったと見るのが妥当でしょう。が、そう結論づけるには、何が起こったのか、明白にしなければなりません。まずは、今日の投票の流れを時系列を追って確認していくことが必要だと考えます。佐竹さん？」

「……んん、なに」

参考書を眺めていた佐竹先輩は、少し遅れて返事をする。

「申し訳ありませんが、今から諸処の事項を確認していきますので、板書をお願いします」

「え、あたし？」

「お願いします」

「……ま、いいけどさ」

この場面だけで、鴻巣先輩の人となりが垣間見える。こっそり本を読んでいる佐竹先輩をあえて指名する、そういう人物なのだろう。

うーん、面倒なことになりそうな気がする。

さて、と人差し指で眼鏡を押し上げる鴻巣先輩の仕草は、感心するほど堂に入っていた。本人も名探偵であることを自負していて、そしてそうあろうとしている所作だった。

「体育館での演説が終了したのは十六時頃でした。その後、投票のために全生徒が教室に帰りました。選挙管理委員は体育館で、諏訪野先生から白紙の投票用紙と空の投票箱を受け取りましたね。そして……、その後はどんな感じでしたかね？」

鴻巣先輩はチョークを弄んでいる佐竹先輩に話を振る。

佐竹先輩はため息交じりに短く応じた。「教室で選挙管理委員が投票用紙を配付、投票用紙はその場で記入、そして鍵のかかった指定の投票箱に入れて回収」

そうでしたね、と鴻巣先輩は鷹揚に頷く。

「投票にはおおよそ十五分程度かかったでしょう。そしてその後、選挙管理委員が投票箱をこの二階の生徒会室へ運んできた。ちなみに一番最初に来たのは、誰でしたか？」

「わたしです」

手を挙げたのはちなつだった。

「何組ですか」

「二年三組です」

この学校は、希望進路でクラスが分けられている。難関大学を目指すのは一組で、大抵の変人はこの一組だ。佐竹先輩も一組だが、難関大を目指す一組で運動部に入っている時点でわりと変人といえる。一組の生徒のほとんどは、文化部や帰宅部でやり過ごすのが通例だ。中堅大学進学を目指す二組の生徒も文化部や帰宅部はいるが、一組ほど顕著ではない。

「その時、生徒会室の鍵はかかっていましたか？」

鴻巣先輩の指摘に、ちなつは頭を振った。

「いえ、開いていました。中には諏訪野先生がいました」

「ああ、そうだったな」

鴻巣先輩の視線に、諏訪野教諭が応じる。

「いつ頃彼女は来ましたか」

鴻巣さんは、教師に尋ねる際も落ち着き払っている。

「十六時二十分頃だった。ちなみに投票箱を全部回収したのは四十分くらいだったな」

「なるほど。その後、各クラスでホームルームをした後、再度開票のためにこの部屋に来たわけですが、この時はどなたが最初に来ましたか」

「それもわたしです」

ちなつを見ていると、そこまではきはきと対応していて疲れないか、こちらが心配になる。

「諏訪野先生と途中で出会って、入った時は十七時の五分前くらいだったと思います。ですよね？」

「ああ、大体そうだったと思うぞ」

少しの沈黙。

ふと口を開いたのは佐竹先輩だった。軽い調子で、西日の射す生徒会室に言葉を投げる。

「とりあえず、今までのところ板書したからさ。それで確認してみようよ」

黒板に目をやる。若干右上がりになってる癖字が、どこか佐竹先輩らしい。佐竹先輩のまとめた板書の隣に、開票時にまとめた各クラスの白票数がある。
①十六時……演説終了。選挙管理委員が諏訪野先生から投票箱と投票用紙を受け取り教室へ（於　体育館）
②十六時五分～十六時二十分頃……投票（於　各教室）
③十六時二十分頃～十六時四十分頃……投票が終了し、選挙管理委員が生徒会室へ投票箱を移動（最初に来たのは二年三組）

④十六時四十分頃〜十六時五十五分頃……HR(於　各教室)
⑤十六時五十五分頃〜……開票作業(最初に来たのは二年三組)(於　生徒会室)

白票の数
一年一組……一/四十
一年二組……三/四十
一年三組……十五/四十
一年四組……十八/四十
一年五組……十三/四十
一年六組……十六/四十
二年一組……六/三十九
二年二組……十五/四十
二年三組……三十五/四十
二年四組……三十一/四十
二年五組……三十/四十
二年六組……二十九/四十
三年一組……二/三十八

三年二組……十／四十
三年三組……十三／三十九
三年四組……二十三／三十九
三年五組……二十一／三十九
三年六組……十五／三十八

「ではこれを使って、不正があった可能性が低いところを省いていきましょう。残ったものが真実。それが推理の鉄則です」

不思議だ。

鴻巣先輩の言葉を聞いていると、ドラマの中にいるような気分になる。名探偵らしい気障な言い回しも、彼女の人形のように整った容貌から零《こぼ》れると、全く不自然ではない。むしろ、なるほどと納得させられてしまう。

人形のように整然とした彼女は、果たして僕たちをどこへ連れて行ってくれるのだろう?

「では検討に移りましょう。

まず分かりやすいのは『①演説終了』時と『⑤開票作業』時でしょう。①の検討としては、選挙管理委員が投票用紙を受け取った時点で、投票用紙あるいは投票箱に何らかの不正があったかどうか考えねばなりません」

「投票用紙に不正？　どういう意味だ？」

苦虫を噛み潰したような顔つきなのは、諏訪野教諭だ。鴻巣先輩は机に両肘をついて顎を支えた格好のまま、黒目だけをすっと横に動かす。

「例えば、文字を書いても時間が経つと消える特殊な紙が使われたとか」

「おいおい。常識的に、そんなことあり得るわけないだろ。そんな意見、職員会議で通用すると思うか？」

「可能性を潰す、と先ほどお話ししたばかりです、諏訪野先生。常識なんて言葉にとらわれた短絡的な思考は、真実から遠ざかる危険性を秘めていますよ」

それと、と返す刀で付け加える。

「これは生徒会長選の選挙管理委員会です。教員に議決権はありません。あくまで生徒による自主的に開かれた会議体です。先生に聞きたいことがあれば、議長である私から意見を求めますので」

ばっさり切られた諏訪野教諭は、黙って無精ひげを撫でている。

「それで、諏訪野先生、どうでしょう？　この投票用紙はどうやって作成し、保管したか、説明願えますか？」

「なんだ、発言してもいいのか？」

いい年をした教師が、女子高校生の前でふて腐れて髭を抜いている。

「ええ。どうぞ」

「普通に職員室のプリンターで印刷しただけだ。以上」

「いつ？」

「演説の一時間前くらいだ。言っとくが、他の先生も沢山いて、みんな同じプリンターで出力するからな。事前にそんな特殊な紙をプリンターにセットしておくのは無理だ」

「投票用紙は毎年同じ様式ですか？」

「様式もくそも、見てみろ。立候補者の名前と、その上に〇×を書く枠線が一つあるだけだろ。もちろん、印刷した後投票用紙はずっと俺が持ってたし、入れ換える時間なんてないぞ」

なるほど、と鴻巣先輩は眼鏡を持ち上げる。

「投票用紙に特殊なものを仕込む時間はなさそうです。投票箱についても、受け取る時に空であることを私も確認しましたし、その後南京錠をかけていたため、投票箱に細工をして不正を行うのは難しいと考えた方がいいでしょう。諏訪野先生が犯人ではないとすれば、ですが」

「やってねえよ」

と、諏訪野教諭は即答する。

「根拠のない言葉ではありますが、この事件で諏訪野先生のメリットはなさそうですし、一旦容疑者からはずして考えてみましょう」

「そりゃどうも」

「いえいえ」

平然と返す鴻巣先輩が恐ろしい。諏訪野教諭は小さく舌打ちをして天井を仰いでいる。

「続いて『⑤開票作業』時です。先ほど私も入って開票作業をしていましたが、これといって、不審な点はありませんでした。仮に不正を行うといっても、全てのクラスの投票箱に白票を紛れ込ませることなどできないでしょう」

「できねえだろうな、『常識的に』考えて」

諏訪野教諭は「常識的に」という言葉に力を込める。

「では『①演説終了』時と『⑤開票作業』時には不正は起こりえなかったということで。次の検討に移ります」

今度は綺麗に諏訪野教諭を無視した。

「『②投票』時ですが、各クラスどのような状況だったでしょうか。確認のために、順番に指名するので説明をお願いします」

その言葉に、生徒会室の空気が澱んだ。数名の生徒がちらりと時計を見上げる。そんなことをしていたら、いつまでたっても会議が終わらない。

すかさず言葉を差し挟んだのは、やはり佐竹先輩だった。

「それよりも、担任が立ち会ってない教室がないか確認したらいいんじゃないかな。担任が見てるところで不正は起こらなかった、ってひとまずは考えてみたらいいんじゃない？」

時間を取るところではない、と暗に言いたいのだろう。しかし、鴻巣先輩は引かなかった。

「担任が不正に関わっている可能性もありますが？」

「不正があった可能性が低いところを省いて、残ったものが真実なんでしょ？　諏訪野先生もとりあえず容疑者から除いたわけだし、全クラスの担任が不正に関わる可能性が高いってことはないんじゃない？」

鴻巣先輩は一秒ほど考え、

「いいでしょう。……では、投票時担任がいなかったクラスはありますか？」

誰も手を上げない。「確かに、投票時に何かを仕込むのは状況的に難しそうです」

佐竹先輩が黒板の「②」の文字に二重線を引く。「①」と「⑤」は既に線が引かれていて、残った選択肢はあと二つだった。

グラウンドに目をやると、陸上部の部員たちは既にウォーミングアップを終えているようだった。日の光は丸みを帯び、影が伸び始めている。

徐々に胸にわき上がってくるのは、焦燥感だろうか。

「『③選挙管理委員が生徒会室へ投票箱を移動』時ってさ、可能性ありそうだよね。だって一人で運んだわけだし」

「あり得ません」

佐竹先輩の意見を、鴻巣先輩は待ってましたとばかりに否定した。

「え、そう？　誰にもアリバイがないし、あり得そうだけど」

「不可能です」

「どうして？」

「白票はどのクラスにも多少なりとも入っていました。移動中に不正があったとしたら、この選挙管理委員全員がいわゆるグルで、同時に不正を働いたことになります」

なるほど。確かにそうだった。そしてみんなこう思っているはずだ。

「私が不正を働いていない以上、移動中の不正は起こり得ません」

「確かにそうだね」

と、佐竹先輩はチョークを器用に回してみせてから、「③」の文字を二重線で消した。

「そうすると、あとはこれだけですね。投票箱回収後の『④HR』時。まあ、最初から不正があるとしたらこのタイミングしかないとは思っていましたが」

鴻巣先輩は堂々とそう言うが、その最後の台詞は必要なのだろうか。諏訪野教諭がまた天井を仰ぐのが目の端に映った。もう噛みつく気力もないらしい。

「もちろん、これまで全ての可能性を検討してきたからこそ、ここでまっすぐ謎と向き合えるわけです」

鴻巣先輩は弁明をしているのか、火に油を注いでいるのか分からない。

「では早速考えていきましょう。二年三組の、ええっと」

「秦です。秦ちなつ」

「秦さん。さっき、投票箱回収後のホームルームの後、諏訪野先生と一緒に生徒会室へ来たと言いましたよね。その時の様子をもう少し詳しくお願いします」

基本的に勝ち気なちなつが、困った表情を見せるのは珍しい。

「詳しくって言ってもまあ普通のことなんですけど……。ホームルームが終わって一人で生徒会室に向かいました。途中で諏訪野先生と会って、期末テストのこととか話しながら生徒会室に向かって、着いたのはさっき言ったみたいに、十六時五十五分くらいだったと思います」

「その時生徒会室の鍵は？」

「ええっと……はい、かかってました、よね？」

「ああ。投票箱が全部揃ってることを確認した後、職員室に帰る時鍵をかけたからな。かかってたぞ。入る時、ちゃんと開ける音もしたしな」

「なるほど。鍵がかかっていた、と」

夕暮れ時、蝉の声、茜色が入り込みつつある生徒会室。

名探偵は眼鏡を押し上げ、高らかに宣言した。

「つまり、密室事件、ということですね」

「みっしつじけん？」

諏訪野教諭は素っ頓狂な声を上げる。「お前な、もう高三だぜ？　いい加減にしとけよ」

「早く帰ったところで、受験勉強の時間にそう影響はありませんよ。総学習時間数のうちのほんのわずかです」

鴻巣先輩は尊大に顎を上げるが、諏訪野教諭は受験生だからいい加減にして早く帰ろう、ということを言っているのではないと思う。

確かにねえ、と頷くのは佐竹先輩だ。ぐるりと部屋を見回して言う。

「密室かあ。確かにそうなるのかな。この部屋、入り口は一つだし、他の教室と繋がってるわけでもないし、二階だから窓から侵入ってのもないし。回収した投票箱を入れてから開けるまで、この部屋には鍵がかかってたことになるもんねえ。もちろん鍵、かけてましたよね？」

「当たり前だろうが」

「いやあ、諏訪野先生なら閉め忘れとかありそうじゃないですか」

「鍵はかけたしずっとポケットに入れてたぞ。だから俺が持ってた鍵は誰も使ってない」

「『俺』が？　なら他にも鍵はあるってことですか？」

「もちろんある。マスターキーだな」

「それはどこですか？」

と、鴻巣先輩が割り込む。

「それが生徒にばれればだったから、マスターキーを使った盗難事件なんてのが起こったんだろうが。保管場所は移動したし、それを生徒に言うなって提言したのは鴻巣、お前だぞ」

「事情が別です。議長として、学校側に回答を求めます」

「……今は事務室だ。普通生徒は入らないぞ。教員だって行くことは多くない」

「投票箱の鍵は？」

「それはこの部屋にずっと置いてあった」

「なるほど。なら生徒会室さえ開けられれば、白票の操作はできたわけです。生徒会室の鍵は二つ。その二つとも一応は誰も手の触れることができない場所にあった」

ふうむ、とわざとらしく唸って、鴻巣先輩はふっと表情を崩す。

「そうなると結論は簡単になってしまいますよ。諏訪野先生か事務員さん、どちらかあるいはどちらもが犯人です」

諏訪野教諭は呆れたように言う。

「そんなわけないだろ。俺はその時間職員室にいた。事務員さん含め、他の先生のアリバイ証言でも持ってきてやろうか？　なあ鴻巣、もう少し現実的な案をだな……」

鴻巣先輩が制す。「先生方がこんなことをするメリットがないことは分かってますから。それにこんな簡単な話だと面白くない」

「鍵を使うのが無理ならさ、ピッキングで開けるって方法もあるんじゃない？」

佐竹先輩は先ほどからチョークを弄んで、遠くを見ている。「こう、針金とか使ってガチャガチャとさあ」

「可能性としてはありますね。では佐竹さん、一度ドアの鍵を確かめてきてくれませんか。ピッキングがされたなら、傷が残っているはずです」

「またあたし？」

「あなたの推理でしょう？」

「はいはい」

大儀そうに立ち上がり、手のひらで風を送りながら教室を出た。五秒ほどして帰ってくる。「何も無いね。きれいな鍵穴だった」

「そうですか。今回佐竹さんの推理は短絡的でしたが、一番シンプルな案でしょう。つまり、物理的密室を誰かが作り出した、という案ですね」

選挙管理委員のほとんどは、もはや机の下で黙々とスマートフォンを触っている。今のこの会話は彼らにはどう聞こえているのだろう、と考え、ふいに妙な哀しさが襲ってきた。多分、彼らにとっては相当にどうでもいい言葉の応酬のはずだ。同じ言葉でも、聞き手によって意味の重みが全く異なる。

誰が言うか、誰が聞くか。

多分、世界はそんな風に回っているのだろう。

「ならお前は、どうやったって言いたいんだ？　もちろん考えがあるんだろうな？」

諏訪野教諭の堪忍袋の緒も大概切れそうなのだろう。語気にいらだちを隠し切れていない。

「一応は。今まで様々な可能性を考えましたが、まだ考えていない可能性があります。それではないか、と」

「なんだよ」

彼女はわずかに微笑み、そっと薄い唇を舐めた。

「投票箱を回収して諏訪野先生がこの部屋を出る時、中に犯人がいた、という可能性です」

思考に一瞬の空白。

スタートラインに立った時のように、肺がわずかに痙攣《けいれん》した。

「意味が分からねえな」

一呼吸おいて言ったのは諏訪野教諭だった。ゆっくりと言ったために、いつものだみ声より重々しく響いた。

鴻巣先輩は動じない。圧縮した自信を胃袋に押し込んだような顔つきだった。

「だからそのままの意味ですよ、先生。

十六時四十分頃、諏訪野先生が投票箱が揃ったのを確認して部屋を出るその時、実はこの部屋に生徒が残っていたんです。この教室は物品等で死角も多い。しかも投票箱が大量に机の上にあった。適当に隠れれば、実際は誰かがいても気が付かないでしょう。先生は気が付かないで鍵をかけた。そして室内には犯人と投票箱が残った。

あとは簡単です。投票箱の鍵は部屋の中にある。その鍵で投票箱を開け、白票にすりかえ、外に出る。投票用紙は毎年同じ様式ですから、用意するのは簡単でしょう。一連の作業は、そうですね、五分もあれば十分でしょう。各クラスの投票箱の白票の数がばらばらだったのも、時間が無かったからでしょうね。そうして生徒会室を出て、何食わぬ顔で教室に戻るだけ、というわけです」

「待て待て。生徒会室の鍵はどうするんだ。物理的に閉めるのが無理なんだろうが」

「そもそも鍵なんてかけてないんです」

西日で赤く染まった頬で語る鴻巣先輩は、とても美しかった。

諏訪野教諭はもう疲労感を隠そうともしない。「本当にお前、はっきり言いなさい」

「先生はさっき、この部屋に入る時鍵はかかっていたと言いましたか？」

「言っただろう」

「いえ、違います。正確には『鍵を開ける音がした』と言ったんです。もしかして、鍵を開けたのは別の人物なんじゃないですか？」

「あ、いや、しかし、確かにそうだが……」

「鍵を開けたのは、一緒にいた秦さんなんでしょう？」

鴻巣先輩の視線がちなつを捉えた。冷静と興奮、絶妙なバランスを保った温かい視線だった。

「つまり真実はこうです。

秦さんは投票が終わり投票箱を生徒会室に持ってきた。そして、その後に来る選挙管理委員にまぎれ生徒会室の机の下に姿を隠したんです。投票箱が揃った後、諏訪野先生は誰もいないと思い鍵を閉めた。その後、生徒会室内で秦さんは投票箱を開け、白票を紛れ込ませたんです。

白票を紛れ込ませた後、内側からドアの鍵を開け、教室に戻りホームルームを受けた。

そして、ホームルーム後すぐに生徒会室に向かい諏訪野先生と合流した後鍵を受け取り、鍵を開けたふりをして生徒会室に入った。どうですか？」

生徒会室の全ての視線がちなつに集まった。ちなつは大きな音に驚いたリスのように固まっている。皆の目を一身に浴びて、ちなつはようやく我に返ったようだった。

「え、いやわたしは――」

「違うと思うなあ」

佐竹先輩だった。気だるげに、くるりとチョークを回す。

「ちなつちゃんじゃないと思うな、あたしは」

「どうしてそう言えるの？」

鴻巣先輩は余裕をもってしっとりと微笑んだ。

対照的に、佐竹先輩の返答は無味乾燥としていた。

「だってあたし、ちなつちゃんと一緒に生徒会室から教室に帰ったもん」

佐竹さんのあっけらかんとした口調に、鴻巣先輩は口を開いたまま固まった。

「ええっと、そうなんです」

と、申し訳なさそうにちなつが言う。鴻巣先輩が言葉を発する前に、佐竹先輩は言葉を継いだ。

「共犯でもないよ、もちろん」

「……それは、あなたが結論づけることではありません」

「そもそもさっきの話は、無理があると思うな」

「いったいどこに？」

「ホームルームのところ。さっきの話は、ちなつちゃんが開票作業のために真っ先に生徒会室に行って諏訪野先生と合流することが前提として成り立ってる。けど、ちなつちゃんのクラスより先に、ホームルームが終わるクラスがあったらどうするの？　密室は作れないよ？」

けど、と言った鴻巣先輩の、その後の言葉は出てこなかった。

ようやく、人形のように整った唇から絞り出した言葉は、「それなら」だった。

「それなら、あなたは真実はどうなのだとお考えですか」

鴻巣先輩の強い視線を、佐竹先輩は正面から簡単に受け止めた。

「さあ？　真実なんてどこにあるのか知らないけど」

佐竹先輩は笑うと、頰に縦のえくぼができる。

とても魅力的だった。

「違うことは違うと言っただけだよ、あたしは」

沈黙の幕が下りた。

「……」

鴻巣先輩は次の言葉を探しているようだった。「けど」「それなら」——しかしその次の言葉はなかなか出てこなかった。

鴻巣先輩の人形のような静謐《せいひつ》さは、完全に失われていた。糸の切れた人形のように俯いて、わずかに見える下唇は、嚙み締められて白くなっていた。デパートで迷子になった子どもを捜す親のそれのように、捜すべきものを完全に見失った悲愴感と、やり場のない憤りで満ちていた。

「ねえ清瀬」

——彼女の声は、いつだって鼓膜を妙に震わせる。

「キミはどう思うのか、聞きたいな」

佐竹先輩はこの状況で、そんな言葉を僕に寄越してきた。置き所を見失った無数の視線が僕に突き刺さる。

誰が言うか、誰が聞くか。多分、そういうことだろう。

僕は口を開いた。

「……まだ考えていない可能性があるんじゃないでしょうか。例えば……外部犯の可能性はどうでしょう」

「馬鹿馬鹿しい」

真っ先に反応したのは、やはり鴻巣先輩だった。

「あり得ないでしょ。確かに私はさっき外部犯について言及しなかったけど、それは考えるまでもないと思ったからよ。そもそも今回の事件の問題は鍵をどうやって開けたか、あるいは閉めたかなの。内部であろうが外部であろうが関係ないの」

「もちろん、僕も鍵をどうやって開けたかが問題になると思います。まあ、もう一つ問題があるとは思いますけど。ええっと、とにかく、犯人は鍵を開け白票を操作し、鍵を閉めて出ていった。これしかないでしょう」

「だからその鍵はどうしたっていうの」

「そもそも、鍵は何個あったんでしたっけ」

「諏訪野先生のポケットの分と事務室のマスターキー、それだけよ」

「本当にそうですか？　鍵は本当に二つだけだと言い切れますか？」

例えば、と僕は言った。

「最近マスターキーが盗まれた、なんてことは無かったですか？」

諏訪野教諭に目をやると、じっとどこかを見て何かを考えているようだった。しばらく待つと、ゆっくりと焦点が戻ってきた。

「あったな。それもつい最近」

僕は頷く。

「そうです。教員更衣室の盗難事件ですよ。あれはマスターキーを使用して起こった。

ならそのマスターキーの合い鍵が作られていた可能性が残されているんじゃないですか?」

つまり、と佐竹先輩が僕の言葉を引き取る。

「つまり、犯人は退学になったうちの元生徒」

ふん、と鴻巣先輩は鼻をならす。薄い唇が嘲《あざけ》るように歪んだ。

「馬鹿馬鹿しいわ。飛躍しすぎてる。常識的に考えてそんなことがあるわけないでしょう? あいつらがそんなことする理由がない」

常識的に、と名探偵は今になってそんな言葉を口走る。

「動機は一応、ありますよ。鴻巣先輩、先輩自身が動機ですよ。先輩が彼らを退学に追い込んだんですよね? なら彼らがあなたを恨んでいてもおかしくはない。今回こうしていたずらをしたら、選挙管理委員のあなたが表に出てくることは明白だった。特に、密室事件なんていう特殊な状況だったなら。……これがさっき言ったもう一つの問題です。そもそもなぜ密室にする必要があったのか? それは鴻巣先輩を引っ張り出すためですよ。密室なんていう特殊な状況なら、必ず鴻巣先輩が出てきて推理をする。けれど、おそらく退学した者は容疑者から外れ、あなたは間違った推理を披露し、恥をかくことになる」

「そんな飛躍した論理、推理でもなんでもないわよ。大体、証拠がない」

鴻巣先輩の意見は、概《おおむ》ね正しい。

清く正しく、そして一点だけ間違っている。

僕は背筋を伸ばした。蒸れた空気が、一気に肺に入り込んだ。

「僕の意見に賛成の方は挙手をお願いします」

誰も動かなかった。

最初に手を挙げたのは佐竹先輩だった。「もう、それでいいんじゃない？」

次々と手が上がり、最終的には鴻巣先輩以外の、全ての手が天井に向けられた。

「諏訪野先生、こういう結論みたいです」

バン、と鴻巣先輩は机を叩いて勢いよく立ち上がった。

「ちょっと待ちなさいよ！ 何勝手に決めてんのよ！ こんなふざけた非論理的な話、私は認めないから！ 証拠も何もないこんな推理を信じるなんて、あなたたちどれだけ馬鹿なのよ！」

「鴻巣先輩」

と、僕は言った。

「これは会議です」

彼女が間違っているのは、その一点。

「今、行っているのは選挙管理委員会の会議なんですよ、先輩。推理大会じゃない。先輩は探偵じゃなくて議長です。そして僕らは委員。先輩も諏訪野先生に言ってましたよね？『教員に議決権はない。あくまで生徒による自主的に開かれた会議体だ』。先輩自身、忘れてませんか？　この部屋にはたとえ発言していなくても、十八人生徒がいる会議なんですよ」

声を張る。ここで蟬の声に負けるわけにはいかない。

「選挙管理委員会の審議事項は多数決で判断する。……そうですよね、諏訪野先生」

「そうだな」

諏訪野教諭は腕を組んで、染みのある頰を嬉しげにひねり上げた。「その通りだ」

鴻巣先輩はしばらく佇んでいたが、馬鹿な話、と一言つぶやいて腰を下ろした。怒りを嚙み殺すように机の上を睨んでいる。

「じゃあ議長、結論を」

佐竹先輩が背中から鴻巣先輩を促す。「今回の審議の結論を、どうぞ」

「……先ほど彼が述べた意見が賛成多数で可決されました」

それでも冷静な口調はさすがだった。

諏訪野教諭が滑り込むように口を開いた。

「それじゃあ早速、次に再投票について考えるか。今日この場で『不正のため再投票』の掲示を作って、昇降口へ掲示する。演説は端折《はしょ》って、再投票のみ明日ホームルームの時間に――」
用意していたかのように滑らかな口調に注目が移り、僕はようやく静かに息を吐くことができた。体中の筋肉が弛緩するのが分かる。
ぽん、と肩を叩かれ顔を上げると佐竹先輩だった。彼女は一度わずかに頷き、席に着く。お疲れさま、ということだろうか。僕はそれに微笑んで返す。佐竹先輩はあくびを噛み殺しながら、参考書を開いた。
「――」
それからしばらく、諏訪野教諭が話を続けたが、ほとんど頭に入らなかった。頭を回っていたのは、先ほどちらりと見えた、佐竹先輩の参考書に載っていた一節。
生死去来
棚頭傀儡
一線断時
落々磊々

＊

宵口の帰路、川沿いの土手、街灯が思い出したように灯る。僕の隣には生徒会長選に立候補した氷室聖二がいる。

「清瀬から一緒に帰ろうって誘ってくるなんて、珍しいじゃん」

氷室は言いながら、自動販売機で買った缶コーヒーを開けた。彼の髪は部活終わりにもかかわらず、教室にいる時のように綺麗に整っている。柑橘系の制汗剤の香りが時折漂う。缶を傾けると、今度はコーヒーの香りに変わった。

「まあ、会長選のことで、ちょっと」

と、僕は言う。

「あ、お前選管か。いろいろお疲れさん」

「まったくだよ。けど明日もあるんだ」

「明日？」

「再投票になったから」

「ん？」

「明日は頼むよ」

「え、いや、頼むってなんだよ。というか明日も投票あんの？」

「明日はもう白票にしないようにみんなに言ってくれよ。今日も結構大変だったんだから」

氷室はコーヒーを飲む手を、一瞬止めたようだった。街灯の光で、二重瞼の奥の瞳が鈍く光った。

が、すぐに相好を崩した。いつもの軽い口調で、

「あれ、オレお前に言ってたっけ？」

いや、と僕は小さく首を振る。

「じゃあ、誰かから聞いた？　選管の奴には言わないように忠告してたんだけど」

「言われてないよ」

氷室は唇をめくるようにして小さく笑った。いたずらが暴かれた少年のように可愛げのある表情筋の動きだった。

僕は知らなかったが、もしかしたら選挙管理委員の中にも、既に真相を漏れ聞いていた生徒はいたのかもしれない。しかし、誰も言わなかった。それは多分、この笑みのおかげだ。こいつの案に乗ってやってもいいかな、と思わせるような、絶妙な安心感のある笑顔。ユウの応援演説の言葉を借りるなら『氷室に頼られてるのが、心底嬉しくなる』。そういう類の笑みだった。

「ならどうして気がついたんだ？　オレがみんなに白票入れるように頼んだって」

大したことじゃない、と僕はできるだけ簡単に答えようと努める。

「消去法だよ。会議ではまず、白票は氷室に対するいじめじゃないかって話になって、それはすぐ否定されたよ。氷室に限ってありえないって。その後は鴻巣先輩が議長になって、細かく検証したんだ。あらゆる可能性を探って、残ったのが真実だって言って」

「鴻巣さんかあ。オレ、去年の学祭実行委員で一緒だったんだ。時間かかるとか、そういうコスト気にしないんだよなあ、あの人」

「そうそう。それはもう細かく考えるんだけどさ、でもどうしたって細工とかトリックって無理なんだよ。挙げ句の果てにはもともと生徒会室に誰かが隠れてた、みたいな話になってさ。常識的に考えてそれはないよ。あんなくそ暑い部屋に残るメリットなんて、誰にもない。そこまで来たら、一度どこかで見落としてることがあるって考えた方がいい」

「現実的だな」

「そもそも、トリックとか密室とか、そういう話になってるのがおかしいんだよ。トリックとか密室とかじゃないとしたら？　それなら簡単だよ。不正投票なんか最初から無かった。みんな、自分の意志で白票を入れたんだ。いじめはあり得ない以上、それを取りまとめられるのは、立候補者であるお前くらいだよ」

なるほどなあ、と氷室はコーヒーを飲み干した。「鴻巣さんが色んな可能性を考慮したせいで、そこに戻っちゃったわけか」

「何にしても、あれだけの票を動かすには、人望が必要だから。考えられるのはお前くらいしか思いつかない」

川で冷やされた風が、二人の間を通り過ぎる。

それで、と彼は言う。

「オレが職員室へ呼び出されず明日再投票って事は、会議ではオレが犯人って指摘は無かったんだな?」

「ああ、結局外部犯で落ち着いたよ。外部犯である証拠もないけど、そうでない証拠もないからな。本当、明日は普通に投票するように言ってくれよ」

かかか、といかにも可笑《おか》しそうに、氷室は笑い飛ばした。

「まあ、しょうがないかな」

「なら、いい」

言いたいことはこれで全てだった。僕としてはもう話すべき事は無かったが、氷室はそうではないようだった。

「馬鹿なことをしたって、思ってるだろ?」

珍しく湿った口調だった。空になった缶を放り投げ、おもむろに蹴り始める。蹴る度に、甲高い音が寂しげに河川敷に響いた。そういえばこの土手は蝉の声が遠い。あればわずらわしいが、無ければそれはそれで物足りない。そんなことはきっといくらでもある。

「この世には二種類の人間がいる、っていう常套句があるじゃん」

まるで自動販売機からコーヒーが落ちてくるように、ありきたりな現象らしく彼は言葉を漏らす。そう見えるということは、そう見せようとしているのだと、僕は理解する。

「何かをするやつとしないやつ、っていうのがさ。ほら、『カラマーゾフの兄弟』を読む人間と読まない人間とか、スウィングする奴とスウィングしない奴とか。二項対立みたいなのがあるだろ。清瀬にはそういう持論みたいのってある？」

考えてみたが、氷室は別に僕の答えなど求めていないようだった。僕の沈黙の幕が重いことを悟ると、慌てずに言葉を継いだ。

「オレはこう思うわけ。『この世には二種類の人間がいる、動かす奴と動かされる奴だ』。……どう思う？」

「うん、まあ、そうとも言えるかな、と思う」

そして二項対立とは、どんな偉大な思想家が語ろうとも、大抵「そうとも言えるかな」という程度のものでしかない。

誰が言ったか、誰が聞いたか。

「相変わらず、なんというか、模範解答だな」

面白くなさそうに氷室は缶を蹴る。

「とにかくオレは、そうなんだ。いろいろな二項対立があるんだろうけど、二項対立で人間を語る時大事なのはその汎用性だよ。『動かす奴と動かされる奴』ってのは、誰もが納得できる回答だろ？　誰だってその両方を経験しているからさ」

からんからん、と痛切さを含んだ音が鼓膜に刺さる。

「動かす側にいたい、って思ったんだよ」

氷室の声は日の暮れた後の焼けたアスファルトのように、平らで奥底はじんわりと熱い。

「動かす奴と動かされる奴、オレは前者にいたいと思った。そして自分は多分そっち側にいられる素質がある、とも思った。別に自慢してるわけじゃないんだ。客観的に見て、オレはそれなりに勉強もできる。サッカー部でも部長だ。友達も多いと思う」

この台詞が全く嫌みに聞こえないのも、その『素質』の一つなのだろう。

「なら、動かす側になるためにはどうすればいい？　まず思いついたのは、自分が今どれだけの人間を動かせるのか知るべきだ、ってことだった。

いつだってそれが一番大事だ。自分の位置を確かめること。『何になりたいのか夢を持て』とか言う大人がいるけど、あれは何なんだろうな？　何も考えてないんだろうな、きっと。紙の地図が使われなくなって、みんながスマートフォンの地図を使うようになったのはなんでだと思う？　自分の位置が分かるからだよ。目的地が決まったところで自分の位置が分からなければどうしようもない。逆に自分の位置さえ分かってしまえば、どこへでも行ける」

どこへでも、と氷室は繰り返す。

自分に言い聞かせるように。

「まあ、そんなことを考えてる時に絶好の機会がきたんだ。生徒会長選だよ。どうにかしてこの機会を使えないかなあって」

つまり、こういうことだった。僕はゆっくりと言葉を紡いだ。

「お前は、自分にどれだけ票が集まらないか見ることで、自分の信任の尺度にしたのか？」

おもしろいだろ、と氷室はにやりと笑った。

おもしろい、と心底感心した。

信任投票とは、より多く票を得ることで信任が認められるという仕組みだ。その数こそ信任の大きさだと、普通理解する。

しかし、氷室はそれでは納得できなかったのだ。信任票には、とりあえず入れたという票がある程度入る。積極的な自らの信任の大きさを計れたとは正確には言えない。

だからあえて、白票を投じさせたのだった。

曖昧な信任票でも不信任票でもない票。それをカウントすれば、本当に自分の言に従った者の人数が分かる。

それこそ今の自分の位置だ、と。

「まあ、満足してるさ」

氷室はゴミ箱に紙くずを放るように、ぽいと投げてよこす。

「再選挙になりそうだったってことは、三分の一以上が白票だったんだろ？　まあ、大方オレの思ってたとおりだった。鴻巣先輩が推理大会を開くであろうことも、もちろん想定内だよ」

そうか、と言った。

つもりだった。

「——そうか？」

自分が発した言葉だと気が付くのに、少し時間が必要だった。

「本当に、そうか？　自分の演説も応援演説も投票もこの結果も、本当に全て、お前の思った通りだったのか？」

一陣の風が吹き、立ち止まる氷室を追い越す。僕は夜空を見上げてみる。そこには思い通りの景色が浮かんでいるだろうか？　あるのは黒く霞んだ空と、哀しいほど小さな煌めきが見えるだけだ。

生死去来《しょうじこらい》、棚頭《ほうとう》の傀儡《かいらい》、一線断《いっせんた》ゆる時《とき》、落々磊々《らくらくらいらい》。

考えていたのだ。

僕らは一体、何にとっての傀儡なのだろう。

どの糸を、操っているのだろう。

どの糸を切られて、落ちてゆくのだろう。

「……お前とは一年生の時同じクラスだった」

ようやく言った氷室は、街灯の下でどこか遠くの方を睨んでいる。

「その時から思ってたよ。お前は苦手なタイプだって」

「……」

「大体曖昧な反応で煙に巻いちまう。痩せこけてる癖に妙にタフだ。掴みどころがない。一年も同じクラスにいると、大体振る舞いの綻びが見えるもんだけどな。まあ、けど今ようやく見られたよ」

吐き捨てるように、

「オレはお前とは違う」

と、氷室は言った。

夏の風がゆっくりと冷めていく。つい数時間前にはあれほど暑く滾《たぎ》っていた空気が、嘘みたいに、全く違う様相で僕の周りを漂っている。何だか、信じられない気分になる。
「諦めてるお前とは、違うんだよ」
言葉を返す代わりに、目の前の缶を蹴ってみた。音を立てて転がって、死体のように
やがて止まった。
この缶をもしこのまま放置したらどうなるのだろう、と考えた。風に転がされ川に流
され土砂に埋もれ錆びて朽ちて、多分、それだけだ。僕は間違いなく、この缶を蹴って、
動かした。しかしそれで一体、世界の何が変わったというのか？
そんなことを思って、しかし言わなかった。諦めている僕が言ったところで、きっと
氷室には届かないし、別に届けたいわけでもない。
誰が言ったか、誰が聞いたか。
そういうものなのだろう、とだけ思った。

＊

翌日、部室棟の前でシューズの靴紐を結んでいると、ふいに僕の影が大きくなった。

聞き慣れた軽快な声が落ちてくる。

「お疲れさま」

佐竹先輩だった。部室の前で見る彼女の制服姿は久しぶりで、なぜだか一瞬言葉に詰まった。「あ、どうもです」

何がおかしいのか、佐竹先輩は今日の天気のように晴れやかに笑う。切れ目がきゅっとかまぼこ形になって、頬には縦に大きくえくぼが入る。

僕は靴紐を整え、頭を下げて背を向けた。

「ねえ清瀬、今日はうまくいってよかったね」

呼び止められて、仕方なく半身だけで振り返る。

今日の投票は滞りなく済んだ。白票もなかった。諏訪野教諭はほっとした様子だったし、皆特に昨日のことを話すこともなく解散した。鴻巣先輩だけ、僕を一瞥し去っていった。

「氷室君にうまく言ってくれたんだね」

「はい？」

「キミが氷室君に言ってくれたんでしょ？ 白票なんて入れさせるのを止めるように」

にやにやと佐竹先輩は面白そうに笑っている。まるで友人をからかう小学生みたいに。八重歯をのぞかせ、いたずらっぽく。要するに。

「本当、さすがですね」

腹の奥から息を吐くと、それだけで疲れた。

佐竹先輩はゆるゆると近づいてきて、手洗い場の縁に腰を下ろした。「制服、汚れちゃいますよ」「あ、そっか。部活のくせ、まだ抜けないんだよね」

「椅子持ってきましょうか」

と、僕が聞くと「大丈夫、ありがとう」と、佐竹先輩は一瞬真面目な顔をして僕を見上げた。夏服の首元、赤いボウタイが揺れた。

しかしすぐ破顔して、

「優しいね。相変わらず」

「いや……」

彼女の言う優しさとは何だろう。なぜかとても愉快になって、細く笑みが零れた。

「先輩はいつから気が付いていたんですか？　氷室が事前に白票を入れるように呼び掛けてたって」

「そうだなあ。まずひっかかったのは白票の数かなあ」

「白票の数、ですか？」

「あれ、キミは違うの？　ならなんで、氷室君が犯人って気がついたの？」

「消去法ですよ。鴻巣先輩があれだけ必死に一つ一つ考えていって分からないんだから、きっと投票後の不正は無理だったんだろうって思っただけです。票の操作ができる奴なんて、実際に立候補してる氷室くらいだろうと思いました」

「なるほど。でもそれって、証拠なんてなくない？」

「可能性を排除していった結果、ですよ」

「ま、確かにね。証拠なんてなくても、氷室君なら聞けば話してくれそうだしね」

なるほどなるほど、と佐竹先輩は納得したようだった。キミらしいね、と頷く。

「ところで話は戻るけど、白票の数ってさ、何票だったか覚えてる？」

あれを覚えられるものなのか。

「いえ、覚えてないです」

「うん、あたしも」

うっかり本気で尊敬しそうになってしまった。実際、佐竹先輩はとても勉強ができることは知っているのだけれど。

「でも、一番多かったのと、一番少なかったのは覚えてるんだ。一番多かったのは二年三組、一番少なかったのは一年一組。各学年で見ると、二組も少なかったけど、一組が圧倒的に少ない傾向がわりと顕著にあったと思う」

黒板に書かれた数字を思い返してみるが、佐竹先輩の文字が右肩上がりだったことしか思い出せない。

「白票の数を見てまず分かったのは、愉快犯が投票後に入れ替えたわけじゃないってこと。だってもしそうだったら、各組ばらばらの票数を白票にする意味って無いし、そんな作業時間もないし」

簡単に言うが、この時点で昨日の議論の大半が無駄だったことになる。一体何を思って昨日あの時間を過ごしていたのだろう。

「なら、誰かが意図を持って白票を入れるように、事前に働きかけてたんじゃないかなあって。次に、さっき言った白票の傾向のことだけど」

いたずらっぽい笑みを湛えて、僕を見上げる。「清瀬、分かる?」

一番多かったのは二年三組、一番少なかったのは一年一組だったと佐竹先輩は言った。各学年で見ると、一組が少ない傾向があった、とも。

一組と他クラスの差は何か? 一組の担任は全員ベテランとか、生徒に眼鏡が多いとか、それから……。

「一組は運動部が少ない」

僕の言葉に、佐竹先輩は膝を打った。

「そう。あたしも一組が白票が少なかったのは、それと相関してるって考えたんだ。二組も少なかったけど、それも運動部が少ないせいだってね。そう考えるとこうも言える。『白票を促したのは運動部に発言力のある人の可能性が高い』。しかも白票が多いのは二年だから、犯人は二年生じゃないかって。それってもう、氷室君くらいしかいないよね」

確かに、と唸らされる反面、気になったことがあった。僕の言葉にはわずかな反骨心も見え隠れしていたかもしれない。

「確かにそうですけど、それもあくまで傾向の話ですよね。先輩にも、確たる証拠って無いんじゃないですか」

「無いに決まってるじゃん」

一笑に付された。

「だったら……」

「あたしが気づいたのはキミのことだよ」

佐竹先輩の口調はいつだって弾むように爽やかだ。その嫌みのなさが、今は妙に五月《う》蠅《る》さい。きっと足早な夏の気配のせいだ、と思う。

「まず気が付いたのは、キミのことだよ、清瀬。会議の時のキミの意図に気が付いたのが最初」

グラウンドでは中距離ブロックの部員がトラックを駆け抜けている。まだ今日のメニューも序盤だ。足取りも軽い。早く追いつかないと、と思う。追いついても、全てのメニューをこなすのは間に合わないかもしれない。

けれど追いかけないと、置いて行かれてしまうだけだ。

「僕の意図、ですか。そんな仰々しい言い方されると、なんだか、責められてるみたいですね」

「ごめんごめん。いや責めてるとかじゃなくて、やっぱり清瀬らしいなあと思ってさ。……さっきの話では、キミが犯人が氷室くんだって気が付いたの、結構後になってからなんだよね。それなのに、昨日の会議では珍しく最初から発言してた」

僕が一瞬、佐竹先輩に視線を戻した隙を逃さずに、彼女は言葉を差し込んだ。

「本当は犯人なんてどうでもよかったんでしょ?」

彼女はゆっくりと伸びをする。目を逸らしたのは、そのシャツの隙間の肌色が一瞬目
に入ったからだ。それ以上の理由はない。

「キミは最初から、いかにして『不正投票があった』として会議を収めるか、それだけ
を考えてたんじゃない?」

もう何度、この声色に論破され、感化され、窘められてきただろう。

口を開くと、乾いた喉が痛んだ。蝉の声にかき消されてもいいな、と思いつつ、

「そんなことしても、僕に何のメリットもないですよ」

「ユウ君を守ろうとしたんだよね」

と、彼女は優しく言った。

「氷室君の応援演説をした、キミの幼なじみのユウ君を」

本当に五月蝿い。

蝉の話だ。

「最初に氷室君がいじめられているかって話が議題になった時、キミは真っ先に否定した。だって、もしそれが肯定されてしまえば、あるいは議論がうやむやになって選挙は成立するって結論になったら——、そうすると、一番傷つくのはユウ君だもん」

投票結果を集計した時、僕がまず思ったのは「このままだと再選挙になる」ということだった。去年も選挙管理委員会だったため、再選挙の項についてはぼんやりと記憶していたのだ。

選挙結果は昇降口の掲示板に張り出される。もし再選挙の場合、そこにはどんな文字が入るだろう？　『不信任のため再選挙』あるいは『白票多数のため再選挙』といったところだろうか。

氷室の応援演説をした実直なユウが、それを見てどう思うか？

再選挙の際、ユウは一体どんな思いで、再度氷室の応援演説をするというのか？

「それを避けるためにキミの出した結論が、不正投票があったことにする、ってことだったんだ。犯人なんてどうでもよくて、どうにかして不正があったという結論にする。そうしたら、掲示板に張ってあるのは『不正のため再投票』になるから、ユウ君も傷つかなくて済む。

氷室君の票数操作のことに気づいてるのに、外部犯なんて推理をしたのもそのためでしょ？　氷室君の票数操作は別に『不正』じゃないもんね。だって『清き一票を』って言うのを『清き白票を』って言い換えてるだけで」

観念して、僕は項垂《うなだ》れてみせた。

「何も違わないです。その通りですよ。最初から気が付いてたんですか？」

「まあね」

思えば、僕が会議で最初に『いじめなどありえない』と発言した際、拾って議論を進めてくれたのは佐竹先輩だった。

「さすがですね」

「いやまあ、あの慎重なキミが一番最初に発言するなんて、変だもん。しかも『ありえない』なんて断言するなんて。それから、そうだなあ。諏訪野先生が規程の話をしたとき、『やっぱり再選挙になるってことですか？』って言ったよね。『やっぱり』って何？　それはそもそもの前提として、キミが再選挙になることを危惧してたってことじゃないかなあって」

まあ、と彼女は言った。

「これだけ長いこと見てれば分かるよ」

佐竹先輩の言葉に、胸の奥が締め付けられそうになる時がある。

その理由は未だに分からないが、そういう時は大抵、無性に走り出したくなる。スパイクを履いて、全力で、がむしゃらに。

彼女は立ち上がって僕の肩にぽんと手を置いた。手のひらの温もりを、布一枚を介して感じる。

僕はため息交じりに呟いた。

「本当は、鴻巣先輩が適当に犯人を指名してくれると思ってたんですけどね……」

「あはは。諏訪野先生もそれを期待してただろうね。ま、結果的にキミの思い通りに進んでよかったじゃない」

それは、本当にどうなのだろう。氷室の言葉を思い出す。

――動かす側にいたい。

僕たちは地方の高校生で、十七歳で、その裁量はあまりにも少ない。青春だとか全力だとか、皆口々にはやし立てるけれど、要はできることが限られているからそれに注力するしかないだけなのだ。

一球を追いかける、一筆に込める、一秒に賭ける。皆がそれを青春と賛美する。それを受けて若者は注力する。皆が言う青春を満喫しようと、若者は若者を演じさせられる。

僕らは自由のようで、少しも自由ではない。もっと大きな何かに動かされている。もっと大きな、巨大な、敵《かな》いようのないものに。

しかし中には、その大きな何かを切り裂いて走り抜ける走力と持久力を持った、特別な奴もいる。

「佐竹先輩は動かす人と動かされる人、どちらになりたいですか」

「どっちでもいいよ」

飴玉を投げて寄越すように、彼女は言った。

「だってどちらでもあり得るもん。動かしてる人はまた誰かに動かされてて、動かされてる人はまた誰かを動かす。それは輪っかになってて、誰がはじめかなんて分かんないよ。卵が先か鶏が先かみたいにね。例えば」

例えば、ともう一度言った。

「昨日のあの会議だって。鴻巣は探偵として事件を暴いてるつもりだったんだろうけど、そもそもそれだって、諏訪野先生の望んだ結論に沿ってただけじゃない？　議論を進めたのは確かに鴻巣だったけど、あの会議の行き先を決めたのは、あくまでも『白票による再選挙』を避けたい諏訪野先生だったよ。

けど結局諏訪野先生だって、思うように鴻巣を動かせなかった。結局上手く落としどころを見つけたのはキミ。そしてその清瀬も――」

彼女の笑みが寂しげに見えたのは、きっと頭上の蟬が鳴きやんだせいだ。

「誰かに動かされてるのかな？」

いたずらっぽい笑みは、砂糖菓子のように甘く柔らかい。直視できずに、僕は遠くの山を見る。

「生死去来、棚頭の傀儡……って、先輩分かります？」

「一線断ゆる時落々磊々——。世阿弥だね。『棚の上の作り物の操り、色々に見ゆれども、まことには動く物にあらず。操りたる糸のわざなり』だっけ。キミ、よく勉強してるじゃない」

「理系ですけど、古文は得意なんです」

「それで？　世阿弥がどうしたの？」

「どう思いますか、先輩は」

「ん？」

「佐竹先輩は何に動かされてますか」

「世阿弥はそれを心とか言ってたけど。うーん、あたしは、そうだなあ。親に、先生に、友人に、あるいは小生意気な後輩に」

「圧倒的に動かす側の人間って、いると思いますか」

「さっきも言ったけど、いないよ」

「いますよ」

「……いないよ、清瀬。そんな人はいないんだよ」

なぜ佐竹先輩がそんな哀しそうな顔をするのだろう。笑いそうになる。

「いますよ。天才とも呼ばれるような、そんな全てのルールのもとみたいなやつが」

氷室の言うように、動かす側の人間は確かにいる。

しかし、彼はなれないだろう。

『動かす側になりたい』と理想の姿を求めている彼は、多分なれない。もちろん、名探偵になりたい鴻巣先輩だって。

『何者かになりたい』という感情は、言い換えれば『何者かに見られたい』という承認欲求でしかない。見られたい自分に近づくように、自分で自分をプロデュースして、自己で自己を操っているだけ。

本当に動かす側の人間は無自覚だ、と思う。

無垢で、純粋で潔白。

見えない意図を内包する白票よりも、さらに白く。

その白さの後ろに、小賢しい意図も糸も無い。

腕時計を見て、グラウンドへ向かった。土は固く、十分な反発を僕の身体に伝える。

「いつからだろうね」

呼び止めたわけではないだろうが、顔だけ振り返る。彼女の伸ばし始めの髪が風に靡《なび》いて、視線は焼けたアスファルトにあった。

「いつから、キミにとって、ユウ君はそんなにも特別になったんだろうね？」

僕は笑って走り出した。

ちょうど、グラウンドを小柄の男子生徒が駆け抜けた。小柄のわりに大きなフォームで弾むようにトラックを回っている。まるで火が踊り狂っているかのようにまっしぐらだった。

そこには何もなかった。

グラウンドがあって、白線があって、彼自身がただそこにいた。火は自身が燃えさかっているのを知らない。そういう強さだった。

彼は一周して、僕の目の前でグラウンドに倒れ込んだ。

「ユウ」

呼ぶと、ユウは苦しそうに、しかし零れるように笑い、僕に応えた。僕もつられて笑った。

それだけで、十分だった。

合っているけど、合っていない

合っているけど合っていない、とボクはいつも思う。

陸上競技のイメージの話だ。

どうやら、陸上競技は心温まるチームスポーツだ、と意外と多くの人が思っているらしい。多分、正月の駅伝のイメージが大きいのだろう。

それは合っているけど、合っていない。大体の物事と同様、陸上競技はもっとシンプルで、合理的だ。

つまり、数字が全てだということ。

例えば、ボクの専門は一〇〇メートルだけど、そこにはチームワークのようなものは一切存在しない。スターラインに立つ。スターティングブロックに足をセットして、号砲が鳴る。できるだけ速く走る。そして、ゴール。それだけだ。

とてもシンプルな、美しい関係。自由とはこういうことだ、と思う。

夏休みを目前にひかえた日曜日の昼前。ボクの深いため息は、低い夏空の鉛色に染まる。それに気づいた二年生の清瀬《きよせ》さんが、特徴のない顔に微笑みを浮かべた。

「染谷《そめたに》、お前『こんな練習したって意味ない』って顔してるな」

まったくもってその通りだ。意味が無い。

ボクたちが高校のグラウンドに白線を引いているのは、部内対抗で四×一〇〇メートルリレーを行うためだった。今日は野球部もサッカー部もいない。広々とグラウンドが使える時に、わざわざ大きなトラックを用意してリレーをする必要なんて、どこにもない。引退した三年生を含めた部員全員でリレーをするのがこの高校の伝統だ、という他愛もない理由からこんなことをしているのだ。

「清瀬さんは、意味があると思ってるんですか?」

「そりゃ、引退する先輩たちにも世話になったんだしさ。無駄じゃないと思うけどな」

清瀬さんはボクの隣でラインカーを押しながら、芯のない声で言う。

本気でそう思っているのだろうか。それとも、新しく副部長という立場になったから、そう言っているだけだろうか。前者なら、救いようがない。そしておそらく、事実は前者だ。清瀬さんの意思の見えない視線を受け流す。

一体、引退がどうだというのか?

グラウンドが消失するわけではない。走ろうと思えば、明日にだってこのグラウンドで走れる。ウェアだって持っているんだし、現役時代のスパイクもある。変わるのは部に所属するか、そうでないかということだけ。それだけで感傷的になる理由が、ボクには理解できない。

不満げな表情をしていたのだろう。清瀬さんの笑みが苦々しいものに変わった。

「染谷は短距離ブロックの一年ではエースなんだからさ。そこらへんをもう少し……」

清瀬さんは最後の言葉を飲み込んだ。他の先輩と違って説教臭くないのが、清瀬さんの数少ない良いところだ。他は全部、普通。専門は一五〇〇メートル、タイムは県の真ん中くらい、長いストライドで一定のペースで走るタイプで、最初から最後まで中段でフィニッシュする。

そんな極めて一般的な清瀬さんが飲み込んだ言葉は、「部のために献身的になれ」というような、これもまた一般的な言葉だろう。

陸上競技は、この世で最も自由な競技だ。

走っているのは独りだ。練習でも本番でも、それは絶対に変わらない。周りに誰がいようと、走るのは自分。誰にも関わらず、関わらせず。だからこそ、駆けている風が心地よいのだ。一着だった者は、最も自由だった陸上競技者ということだと、ボクは思う。だから、リレーという種目がボクには理解できない。なぜバトンを持たねばならないのだろう。身に着けるものは少しでも軽くしようとするのに、なぜバトンという重みを抱える必要があるのか。

ふいに、グラウンドのあちこちから歓声があがった。既に引退している三年生がグラウンドに現れたのだ。先頭にいるのは元部長の日下部《くさかべ》さん、小さな歩幅でその隣にいるのは、マネージャーだった七瀬《ななせ》さんだ。部員たちが準備を放り出して、嬉しそうに駆け寄っている。

どういう方法で決まったのかは分からないけど、リレーメンバーは一年生のボク、二年生の清瀬さんと柊《ひいらぎ》さん、そして元部長の日下部さんだった。日下部さんとボクの専門が短距離だけど、清瀬さんは中距離、さらに女性の柊さんも入るから、多分他のチームといい勝負になるだろう。

「なあ染谷」

清瀬さんの凡庸な瞳は、後輩と嬉しそうに話している三年生にあった。

「なんですか」

「五月にさ、部室が荒らされたことがあったろ」

「不審者がうちの部室に入ったやつですよね。それがなにか？」

清瀬さんの目は、投擲《とうてき》競技の審判が飛距離を確かめる時と同じ、何かを測る目をしていた。含みを持たせた口調で、

「今回おれらのリレーに関わる人って、あの日と一緒だな」

「は？」

清瀬さんは応じず、「蒸し暑いなあ」とラインを引き始める。すいすいと前に行くけど、白線は歪みのない曲線を描いていた。

二か月ほど前、男子陸上部の部室が何者かに荒らされた。最初に現場に到着したのはボクと清瀬さんで、目撃証言などの現場の状況から、外部の不審者が荒らしたという結論になったはずだ。ボクがその結論を導くのに一役買った。論理的な思考をするのは得意な方なのだ。犯人はつかまらなかったが、騒ぎは大きくならなかった。部室を荒らされはしたものの、盗まれたものはなかったからだ。

そんな記憶の底にある過去の出来事を、今になって掘り返してきたのは、一体なぜ？

グラウンドからは湿った土の香りがした。ボクは清瀬さんの半分以下の速度で、ゆっくりと歩を進める。

短距離選手でも、回顧する時は動きが緩慢になるものなのだ。

*

五月半ばの放課後、ボクは一人で部室に向かっていた。前日までの雨が嘘のように、仰ぐ空には雲一つなかった。

部室棟はグラウンドの東側にある。コンクリート二階建てのL字形の箱がそれだ。一階が男子用、二階が女子用。L字形の縦の長い棒には北向きの部屋が六室、下の横棒には西向きの部屋が三室ある。男子陸上部の部室は下の棒の一番右の先端にあった。

「お、早いな、染谷」

制服姿の清瀬さんが、部室棟の前のベンチで足を組んでいた。ボクが教室を出たのはチャイムが鳴って一分もたっていないうちだったから、清瀬さんがこの時間にここにいる理屈が分からない。

「清瀬さんも早いですね」

「うちのクラス、授業が早く終わったんだよ。……あ、染谷。今何時か分かる？」

「はい？　四時三十五分ですけど」

「ふうん」

ベンチのあたりは雑草が青々と茂っていて、清瀬さんは手持ち無沙汰にスニーカーについた汚れを払っている。なんなんだ、一体？　まあ、何でもいいけど。背を向け、部室に向けて歩き出す。

ふいに、パン、と乾いた音が周囲に響いた。

陸上の号砲、ピストルの音だ。陸上部の部室の方からそれは響いた。

「……？」

聞き慣れた音だけど、学生服を着て通学バッグを背負っている時に聞く音ではない。なんとなく振り返ると、清瀬さんはボクのすぐ側にいた。バッグのチャックを閉めている。訝しげな表情をこしらえていた。

「誰か、部室にいるんですかね？」

さあ、と彼はシャープな顎《あご》を傾ける。「他の部の奴も誰も見なかったけど。まあ、誰か先に来てるんだろうな」

清瀬さんと仲がいいわけでもない。部室までの三十秒ほどの無言の時間が、やけに長く感じる。

「おう清瀬。見てくれよ、これ。昨日買ったこの練習着」

ふいに、サッカー部の部室内から筋肉質の男子が呼び止めて出てきた。またかよ、と清瀬さんが顔をしかめる。ボクは団体競技の連中の同意だけを求める会話が好きではない。「さっきのこれさ、サイズがXSだから、ほら、やっぱり力こぶ作ったら破けたんだよ。すごくね？　漫画みたいじゃね？」「はいはい」……。

「どうした、染谷」

サッカー部の男子が部室に引っ込むと、清瀬さんは立ち止まっているボクを不思議そうに見つめた。不思議なのはボクの方だ。さっきの清瀬さんとサッカー部の男性の会話って……。

考えているうちに、陸上部の部室の前に着いていた。引き戸を引く。鍵はかかっていなかった。

「――」

これまでの思考が、全てどこかに吹き飛んだ。陸上部の部室には、想像とは裏腹に誰もいなかった。しかし、動けなかったのはそれが理由ではない。

六畳ほどの部室が、滅茶苦茶に荒らされていた。

まず目についたのは、入り口付近の床だった。石灰とココア味のプロテインパウダーがまき散らされていた。砲丸や円盤も、床に投げ出されている。部室に入って右側に並んだロッカーのうち、入り口に近いロッカーが倒されていた。

対して、倒されたロッカーの向こう側、部室の奥は比較的変化が無いように見えた。

いや。

目を凝らすと、薄暗い部室の奥の床にきらりと何かが光った。

地区大会の総合優勝のカップだった。

陸上競技は個人戦だが、総体においては団体戦の側面もある。優勝者の所属校には八点、二位には七点、という具合に入賞者の所属高校に点数が与えられ、その点数が最も多い高校が総合優勝校となる。うちの高校は、つい先週の地区総体で総合優勝となった。実に十年ぶりだったらしい。

その記念すべきカップは、部室の奥の棚に飾られていた。それが無残にも、床に打ち捨てられている。さらにカップには、真っ二つに折られた競技用の槍の片割れが突き刺さっていた。

「染谷、清瀬。早く着替えて、ラインを引け」

ドスの利いた声が鼓膜に当たって、我に返った。顧問の東郷《とうごう》先生はこの高校でも活躍した元砲丸投げの選手で、五十代とは思えない精悍な体格をしている。見た目に違《たが》わず性格もかなり厳格で、噂ではかつて道具を大切に扱わない部員に激怒して、退部させたこともあるらしい。

彼は部室棟の隣にある体育用具室に行くつもりらしかったが、部室の前を通り過ぎる際、異変に気づいたようだった。

「……おい、清瀬」

「はい」

と、清瀬さんが硬い声で応じる。

「なんだこれは」

「分かりません」

「今来たのか」

「はい。染谷と二人で」

「部室は開いてたのか」

「開いてました」

東郷先生はふうと息を吐いて、幹のようにごつごつした指で白髪をつかんだ。その口調は気味が悪いほど凪《な》いでいた。

「……誰も、部室に入れるな。部長が来たら、すぐ俺を呼べ」

「あ、先生。お疲れ様でーす」

折り悪しく、日下部さんがスパイク袋を小脇に抱え、L字の角を曲がったところだった。

「日下部、なんだこれは！　どういうことか説明しろ！」

突然落ちた雷に、日下部さんのワックスで固めた短髪が縮み上がる。慌てて駆け寄ってきた彼は、部室の様子に口をあんぐりと開けた。

「なんだこの有様は！　誰がやったんだ！」

「ちょ、ちょっと待ってくださいって！」

日下部さんは目を白黒させている。事態の急展開に、少ない容量の脳が驚いているのだろう。「どういうことかって言われても、俺だって意味が全然分かんなくて――」

「分からないってのは、どういうことだ！」

「だって俺、さっきまで先生と一緒に体育教官室にいたじゃないすか」

「言い訳はいい！」

「あのー」

ボクが間に割って入ると、東郷先生の仁王像さながらの眼光に突き刺された。けど、既にボクの脳は平静に戻っていた。いつも思うけど、こういう場面で激怒する人間の感情の経路が理解できない。怒るより、まずすべきことがあるはずだ。

「とりあえず、状況を整理しませんか。話はそれからでしょう」

「……ふん。まあいい」

と、東郷先生は言う。何がいいのかは、全然分からない。

「部室を最後に閉めたのは誰だ。今日開けたのは」

東郷先生が強い口調で尋ねる。

「昨日は、マネの七瀬が閉めました。……今日は、さっき俺が開けましたよ」

日下部さんは俯いたまま答えた。絶対に東郷先生を見ない、という強い意志の表れのように見える。

「七瀬はどうした、まだ来んのか」

「あいつは今日、学校休みです」

「お前が部室を開けたのは何時で、開けた時の様子はどうだったんだ」

「四時十五分くらいで、開けた時は普通でしたよ。開けるだけ開けて、荷物も置かずにそのまま体育教官室に向かいました。窓は今見た通り、閉まってました」

日下部さんは早口で答えた。

東郷先生は太い腕を組んで唸っている。先ほどの質問の仕方もそうだが、彼はこう見えて、かなり突き詰めるタイプの人間だ。トップアスリートは本来、そういう気質の人が多い。土台から細かく積み重ねて検証を図る。

感情なんて置いておいて、最初からそうしたらいいのに。

今度は日下部さんが反論する。

「東郷先生はどうなんすか？　何か気づいたこととか、ないんすか？」

「四時頃、用具室に行く際にこの部室の前を通ったが、その時はこんな風にロッカーが倒れたりはしてなかった。いくらドアの窓が小さくても、こんな具合にロッカーが倒れてりゃ気づく」

日下部さんは唇を結んで、また俯いた。国体に出られない部長の限界は、このあたりだろう。

けれど、これで大まかな犯行時刻は特定できた。ただこうやって冷静に話し合うだけのことを、どうしてみんなできないんだろう？

犯行時刻は、四時十五分に日下部さんが鍵を開けてから、さっきボクと清瀬さんが来るまでの間だ。さらに言うと、犯人は男性だろう。ロッカーを引き倒す程度ならともかく、練習用の古いものとはいえ、競技用槍を女性の力で折るなど不可能だ。

「そういえば、あたしさっき変な人見ましたけど」

二階から抑揚のない声が落ちてきた。二年の柊さんだった。中性的な顔立ちのその制服の襟には、紺色のボータイが揺れている。

「いつの話だ？　変な人っていうのは誰だ？」

「さっきです。誰かが部室から出てきたんで。ほんとにさっきですよ。四時三十五分です」

彼女は左手首をとんとんとたたいた。女子高生の制服には不似合いな黒いスポーツウォッチがある。柊さんがいつも練習中に着けているものだった。

「どんな奴だった」

「えっと、ジャージ姿の中年の男性でしたけど。部室から出て、そっちのフェンスの方に行ったと思います」

「髪の長さはどうだ。服の色は」

「髪は確か、ぼさぼさでしたね、多分」

「確かとか多分とか。随分曖昧だな」

「だって、そんなしっかり見てなかったですし」

「怪しいな、どうも」

太い眉を顰《ひそ》める。大きな鼻の穴が、何かを嗅ぎつけるように、ひくひくと動いている。

「誰かを庇ってるんじゃないだろうな」

まあ、普通に考えれば、今の状況だと鍵を持っていた部長が一番怪しい。柊さんの証言も、一人だけのものなら信用度は薄い。

「そういえば」

と言う清瀬さんの口調は、右から左へ通り抜けるように淡白だった。

「さっき、紙火薬の音がしたのって、柊が言った四時三十五分くらいだったよな。なあ、染谷」

火薬？　ああ、さっきの号砲の音のことか。

「そうですね」

確かに、あの時ちょうど腕時計を見たのだ。時刻は四時三十五分だった。

「あれって、これの音じゃないかな」

清瀬さんは部室の入り口付近の床を指さした。一センチ四方の黄色い紙が散らばっている。陸上部員なら誰でも見慣れた道具だった。スターターピストルの紙火薬だ。

「ほら、一つだけ破裂してるのがあるだろ」

紙火薬の正式名は競技用紙雷管という仰々しいものだけれど、使い方の原理はおもちゃ売り場のピストルと同じだ。ハンマーを起こし、その下に正方形の黄色いシートを置く。シートの中心には火薬が入って少し膨らんでいる。引き金を引くと膨らみにハンマーが落ち、その圧力で火薬が炸裂し、音と白煙が出る。

確かに一枚、破裂した紙火薬が落ちている。

「……ん？

「多分、柊の見た不審者が、出ていく時にこれを踏んだんじゃないかな。ハサミで切る圧力程度でも破裂するって聞いたことあるし」

そんなことよりも。ボクは立ち上がる。

「あの、もしかして、フェンス際に足跡残ってないですか？」

紙火薬の上には、泥がこびりついていた。それで思い出したのだ。学外を仕切るフェンス際は土だ。今日の土の状況なら、足跡が残っているんじゃないのか。

当たりだった。

柔らかい地面に足跡が残っていた。しかも、よく見るとかなり特徴的だった。その足跡の隣に自分の足を置いてみる。

二十八センチのボクの足より、さらに大きい。ほぼ確実に男性だろう。しかも、部室の競技用の槍を折るほどの腕力を持った男性。

「日下部、お前――」

「あ、言っときますけど。俺の靴のサイズ二十六ですから。東郷先生こそ、思い当たらないんすか？　陸上部に勧誘するために、毎年生徒の靴のサイズまで調べてるじゃないすか」

じめじめと重苦しい沈黙があった。

仕方なく、その沈黙の結論はボクが言語化した。

「犯人は、不審者の可能性が高そうですね」

四時十五分から四時三十五分頃までに、盗みか何かの目的で不審者が来て部室を荒らした。不審者は三十五分に部室を出て、その数十秒後ボクと清瀬さんが現場に着いた。

その証拠はいくつもある。

まずは柊さんの目撃証言だ。四時三十五分頃、知らない男性が部室を出た、と。ただ、一人の目撃証言では頼りにならない。

しかし、それを裏付ける物証がある。しかも二つもだ。一つは紙火薬。ちょうど柊さんが不審者を見たと言った時間に、紙火薬の破裂した音をボクも実際に聞いている。

もう一つは足跡だ。二十八センチを超える足を持つ人は陸上部にはいない。東郷先生が全校生徒の靴のサイズを把握しているとは思わないが、少なくとも思い当たる節もなさそうだった。

そうなると、柊さんの目撃証言を信じるのが妥当だろう。

そんなことを端的に説明すると、東郷先生も一応は納得したようだった。

「盗まれたものがないか確認して練習の用意をしろ」

と、不愉快そうに言い捨てて背を向けた。

やれやれ。やっと練習ができる。

ほっとした表情を浮かべている日下部さんを横目に、ボクは倒れたロッカーの背に乗り、一番奥の自分のロッカーに向かった。靴底についた茶色のプロテインパウダーと泥が、コンクリートの綺麗な床に落ちた。

「おい、染谷」

と、日下部さんがボクを呼び止めた。

「……そのカップは、俺が片付けるから置いといてくれ」

ボクの足元に、槍の刺さった優勝カップが転がっていた。折れた槍のもう片方は、ロッカーの下敷きになっている。カップの鈍い金色と、茶色のパウダーと汚い泥。現代芸術のような直感に訴えかける光景がひどく不快だった。

分かりました、とボクは返事をした。

窓の外にはテニスコートのフェンスがあって、その向こうでカラフルなシャツを着たテニス部員が笑いながらボールを打ち合っている。軟式のボールが一つ、部室とフェンスの一メートルほどの隙間に弾んだ。取りに来ればいいのに、彼らはそのまま遊んでいる。ボールの落ちた隙間は部室棟前のベンチ付近に繋がっているから、来ようと思えばすぐのはずだ。部室の状況と窓の外の平和な光景の不均衡さが、不快感を増長させる。

手早く着替え、スパイクの入った袋を抱えて部室を出る。息を深く吸うと、晴天の穏やかな空気が肺に入りこんだ。酸素が細胞に点火していくのを感じた。

＊

蒸した空気を縫うように、細かい雨が落ちてきた。水滴の冷たさで、意識が七月のグラウンドへと引き戻される。

グラウンドにはトラックが完成していた。レーンは無いから、横一列で並ぶスタンディングスタートになるだろう。体育祭のリレーとそう変わらないクオリティであるならば、わざわざ時間をかけてトラックを描く必要などないのに。トラックの隅に、ボクのリレーのメンバー四人が集合した。

「走順が大事だな、これは」

と、日下部さんが口を開いた。元部長の日下部さんの細すぎる眉は、気合が先走ったような奇妙な上がり方をしていた。清瀬さんはうんうんと頷き、柊さんは朴訥《ぼくとつ》とした表情を崩さない。

「適当でいいんじゃないですかね」

ボクはとにかく早く終わらせたかった。ボクたち以外のチームはとっくに走順を決めていて、各々ウォーミングアップに戻っていた。グラウンドには柊さん以外、女子の姿が見えない。小雨が降ってきたから、部室に避難したのだろう。

「染谷、てめえまだそういうこと言ってんのか」

日下部さんが大げさに頭を振ると、短髪とスパイク袋に付けられた綺麗なスカイブルーのお守りが一緒になって揺れた。総体前にマネージャーが全部員に配った、ユニフォームを象ったフェルトの手製のお守りだった。

「そういうことって、なんです」

「だからさあ、チームワークとか、そういうことを考えたりしないわけ？」

「だって勝っても何もならないですよ、これ」

「まあ、そうなんだけどさあ……」

「黙って走れば？」

日下部さんを遮ったのは、柊さんだった。無表情のまま続ける。

「短距離選手でしょ、染谷は。だったら、黙って自分の役割を果たしなよ」

「え、あ、はい」

鋭い眼光に気圧されて、頷いてしまう。柊さんは他の部員のように、群れて喧《やかま》しく騒がない。高校から陸上部に入ったのに、県でベスト8に入るほどの走幅跳の競技者なのも、そうやって黙々と独りで合理的な練習を行っているからだ。

ボクと同じように、こんな非合理的な行事は嫌いだろうと思っていたのに。

驚いている間に、走順が決まっていた。一走が柊さん、二走がボク、三走が清瀬さん、四走が日下部さんだった。

柊さんの背中を見送っていると、清瀬さんに肩を叩かれた。ボクの様子を見て、可笑《おか》しそうに片眉を上げる。

「気にすんなよ。柊はああいう奴だ」

「……別に何も気にしてないですよ。ただ、もう少し頭の良い方かと思ってました」

マネージャーの七瀬さんが、雨に降られながらそれぞれのチームにバトンを配り歩いている。いつものように、ちょこちょこと小さな足取りだった。受け取ったアルミのバトンは、七瀬さんの手の温みが残っている。

「染谷、柊がなんで陸上部に入ったか知ってる?」

清瀬さんの問いに、さあ、とバトンで自分の肩をたたく。

「あいつ、部活の時いつも腕時計着けてるだろ? あれを着けたいがために、陸上部に入ったんだってさ。死んだ親の形見らしい」

「……別に、陸上部に入らなくても。学校で普通につけてればいいんじゃないですかね」

「うーん、おれもファッションは詳しくないけどさ。制服に無骨なスポーツウォッチを合わせたい女子って、あまりいないんじゃないかな」

「それで? 何が言いたいんですか?」

「みんな色んな理由で陸上部に入ってるんだってこと。お前はなんで、部に入ったんだ？」

「速く走りたいんで」

「速く走って、どうなりたい？」

「自由になりたいです」

清瀬さんには、きっと伝わらないだろう。速く駆けるあの風の心地よさを。真っ白な空間の、身体の軽さを。そこにはボクだけがいて、他の誰もいない。

清瀬さんはボクの核心を突いた言葉に、曖昧に数度頷いて尋ねてきた。

「自由って、なんだ？」

黙りこくってしまったのは、そう言ったあとの清瀬さんの口元のせいだと思う。いつも一般的なことしか言わないその口は、固く閉ざされていた。まるで、続く言葉を押し殺すように。

それを見て、ふと思いついたことがあった。

「あの、清瀬さん。五月に部室が荒らされてた件ですけど」

「ん。ああ」

「あの日の放課後、清瀬さんは部室に行くまで、ずっとベンチにいたんですよね？　他の部活の人でも、誰かと会いましたか？」

雲の隙間から光が差した。振り返る清瀬さんの表情に濃い陰ができる。満足そうな笑みが漏れたように見えたのは、きっとそのせいだろう。

「いや、会ってないよ」

「そう、ですか」

「さ、じゃあバトン合わせようか。おれ専門外だし、頼むからうまく合わせてくれよ」

合わせるもなにも、別にバトンを渡すだけのことだ。小学校の運動会と同じ。

そういえば、と思い出していた。同じようなことを考えたことがあった。

ちょうど、二か月前にあの事件のあった日に。

＊

部室が荒らされたということはあったものの、その日の練習は何事もなく進んだ。少なくともボクの場合は、だけど。

「染谷ぃ、てめえ、だから何度も言ってるだろうが」

リレーメンバーのボクは、五月下旬の県大会に向けたバトン練習を行っていた。日下部さんの髪の毛はいつにも増して逆立っている。

「お前さ、バトンは貰って渡すだけじゃねえんだよ。もっときれいに渡してこいよ」

「だって、テイクオーバーゾーンは、出てませんよ」

「そういうことじゃねえんだよっ」

日下部さんは練習中もやたら声を出すし、後輩たちに指導をしたがる傾向にあるけど、今日は二倍増しだった。

「てめえ、バトンは渡しゃいいと思ってるだろ」

「はい。合ってませんか？」

「……合ってるけど、合ってないなあ」

ボクの隣でユウさんが、ぽつりとそう漏らした。

二年生のユウさんは、陸上部のエースだ。インターハイ出場は確実だと言われている。専門は四〇〇メートルだけど、一〇〇メートルも十分速い。持ちタイムでは、唯一ボクが負ける人物で、かつ唯一ボクが認める人物でもある。彼の走りは、恐ろしいほど自由に映る。

「どういうことですか？」

ユウさんに問うているのに、日下部さんがボクの言葉をひったくった。「とにかく練習だ、練習。俺が良いって思うまで、練習」

「だったら、走順変えません？」

遠ざかる日下部さんの背中がぴたりと止まった。「ボクが日下部さんに代わって四走で走りますよ。それなら、受け取るだけですし。持ちタイムも、日下部さんより、ボクの方が上じゃないですか」

四×一〇〇メートルリレーの走順の考え方はチームによって異なるけど、一般的に一〇〇メートルのタイムの速い者が、二走か四走を走ることが多い。走路がちょうど直線になるためだ。だから、大抵チームのエースは二走か四走を走ることになる。

「ユウさんの次にボクが速いわけですし、妥当でしょ」

「お前のはあくまで持ちタイムの話だろうが。しかも一年前だし、参考記録になるぎりぎりの追い風じゃねえか。受験で鈍《なま》った今のお前よりも、俺のが全然速えよ」

細い眉に浮かぶせせら笑いに、頭が熱くなった。速い？　お前がボクよりも？　お前みたいに何も考えず声だけでかいやつより、ボクの方が速いに決まっている。

自由に近いのは、このボクだ。

「なら、競走しましょう。今」

「はあ？　ふざけんなよ。大会明けで疲労があるだろうが。怪我でもしたらどうすんだよ」

「怪我って……。どうせ日下部さん、一〇〇メートルも二〇〇メートルも負けて、県大会はリレーだけじゃないですか。しかもそのリレーも、このメンバーではどうせ県大会では勝てないんですから」

てっきり、声を荒らげるのかと思ったけど、違った。日下部さんは、凍り付いたような表情で、静かに頷いただけだった。

「どうせならタイムも測りましょうよ、誰かに測ってもらって」

「おれがスターターをやるよ」

清瀬さんが間に入ってくる。いつもスターターを務めるマネージャーの七瀬さんは、学校を休み部活に来ていなかった。

「じゃあ清瀬さん、お願いします。十五分後にしましょう。もう薄暗いですし、ピストルも光が出る電子式のピストルを使ってくださいよ。不利の無いように、音もスターティングブロックの後方から鳴るようスピーカーをセットしてください」

「――」

電子式のピストルは、引き金を引くとコードで繋いだスピーカーから号砲が鳴る仕組みの道具だ。スピーカーを走者の後ろに置くことで、どの走者にも同時に音が聞こえるようになる。火薬で鳴らしてしまうと、まずスターターから近い走者に号砲が聞こえてしまい、遠い走者に不利が生じてしまうのだ。電子時計で測定するわけでもないので過剰と言えばそうだけど、日下部さんに負けの言い訳を用意させるわけにはいかなかった。

早速、清瀬さんが準備の指示を出す。電子式のピストルなんて無いんじゃないかと思っていたけど、部室の隣にある用具室にきちんと保管されているらしい。

清瀬さんは続いて、近くの一年生二人にタイムの計測を頼み始めた。そのうちの一人は高校から陸上を始めた丸刈りの同級生だった。さすがに苦言を呈する。

「あの、タイム測るのは、陸上経験のある奴にしてもらえませんか」

「なんで?」

なんでって。ボクのタイムを測るのだから、素人に測ってほしくない。少し経験があるならまだしも、彼はまだ自分のシューズすら買っていないような野球部上がりの素人だった。練習では、部室に溜まっているかつての先輩が残したシューズを使っている。そんな素人にボクのタイムを読み上げられるのはかなわない。それだけのことが、どうして理解できないのだろう?

清瀬さんは肩をすくめて言った。

「経験者じゃないからこそ、タイムを測る練習も必要だろ」

呆れて物が言えないとはこのことか、とボクは諦めた。

十五分後、ボクの目の間にはスターティングブロックが置いてあった。ジャンプを繰り返すと、ほどよい筋肉の反発があった。悪くない。

「そろそろいいですか?」

清瀬さんが声をかけてくる。左隣の日下部さんは、スパイク袋につけられた何かを、一度握った。ユニフォーム形の薄汚れたお守りだった。

くだらないな、と思った。

「オン・ユア・マークス。――セット」

スタートはほぼ同時だった。

ぐっと一歩ずつ着実に加速していく。走っていると、白い塊が目の前に見える。真っ白な、ふんわりとした空間だ。そこに到達すればきっと自由になれる、といつも思う。

六〇メートルほどまで意識がなかった。意識が戻ってきて、左にはまだ日下部さんの背中があった。え？　確かにスタートは日下部さんの方が速いけど、予想ではここではボクの方が前にいるはずだった。

地面のわずかな凹《くぼ》みに足を取られたのか、ギアの低い自転車を思いきり漕いでいるような感覚になる。最後はもう、力を抜いてゴールした。

「どうだよ」

日下部さんは息を切らせながら、らんらんとした目で見上げてくる。「染谷、これでも走順に文句あるか？」

グラウンドが全天候用ならばボクが勝っていただろう、という言葉が喉まで出かかったけど、また大声を上げられても大儀なので止めた。

「おい染谷、返事はどうした」

呼び止める声を無視して、ボクはスパイクを履き替えるために部室へ向かった。

＊

七月の雨は、止み方も気だるげだった。緩慢な雨のせいもあって、引退リレーのスタートを前にしても気が乗らない。

県大会では結局三走だったけど、今回は二走だった。二走で気を付けるべき相手と言えばユウさんくらいで、あとはどうということもない連中だった。ユウさんは日下部さんたち三年生が引退してから、部長になっていた。心底同情する。無意味なものを背負わされて、これでまた一歩、自由から遠ざかってしまう。

「オン・ユア・マークス」

東郷先生の太い声が、レースの始まりを告げる。

号砲。

一走が同時に飛び出した。どのチームも一走には女子生徒を配置していて、柊さんはその中で一番手だった。競ってるのは三年生のハードラーの先輩だ。

柊さんは綺麗なコーナリングで、あっという間に近づいてくる。先ほどマネージャーの七瀬さんから受け取った、赤いバトンが右手にある。思うよりも、一呼吸遅らせてスタートを切った。すぐに声がして、バトンの感触。このまま加速すれば、目の前にはいつものように白い空間が――。

白い空間が現れる前に、小さな背中が現れた。

ユウさんの背中だ。

豪快なフォームで、弾むように駆けていく。この高校の陸上部の名前が刻まれた練習着が、遠くなっていく。速い。この人は本当に速い。一歩ごとの加速力が、ボクとは段違いだ。その背中のせいで、いつも現れる白い空間が現れない。

そのためだろうか。

頭の中では何か、妙な引っ掛かりがあった。硬い土のグラウンドに、長いピンのスパイクで足を踏み入れたような大きな摩擦。

あれは、五月のあの事件の犯人は、本当に不審者だったのだろうか？

いや。違う。

犯人はおそらく、この中にいる。

ボクが今バトンを受け取って渡そうとしている、このリレーメンバーの中に。

それは――。

目の前に清瀬さんが迫っていた。先ほど練習した距離で彼はスタートする。少し詰まって、柊さんから届いた赤いバトンは三走の彼の手に渡る。三走では差が詰まらず、二位のまま、バトンは日下部さんのもとへ。日下部さんは大きく腕をふって駆けていく。

前を走る三年生との距離が徐々に縮まっていく。

転げ込むように二人がゴール。

間髪をいれず、残りもゴールした。これだけ準備をしても、レースは一分にも満たない。あまりにもあっけなく、三年生の引退リレーは幕を閉じた。

その手応えのなさを噛み締めているのか、日下部さんは五分経ってもゴール地点で座り込んだままだった。清瀬さんは黙ってそれを見下ろし、柊さんはぼんやりとしている。マネージャーの七瀬さんが日下部さんの手からバトンを回収した時に「お疲れさま」とねぎらった。その声の響きは、引退する三年生同士だからという以上の何かに聞こえる。まあ、日下部さんと七瀬さんの関係なんて、ボクは興味が無い。

それよりも重要なことがあって、ボクは彼の前に屹立《きつりつ》しているのだ。

「あの、二か月前の部室が荒らされてた事件のことなんですけど」

ボクはそう口火を切って、

「あれ、犯人は日下部さんですよね」

「……突然、何の話だよ」

眉根を寄せた日下部さんのその口調は、思ったよりも落ち着いていた。

「あの事件、今思うと腑に落ちないことがいくつかあるんです」

ボクの言葉に、日下部さんは周囲を見回した。柊さんも清瀬さんも、こちらを振り返る七瀬さんも、特に表情は動かない。

「まずおかしいなと思ったのは、部室の状況です。折れた槍が刺さったカップは、部室の奥の綺麗な床に落ちていて、その片割れの槍の上にロッカーが倒れていた。入り口の床にはプロテインや石灰が散らばっていて、泥で汚れた足跡がついていた……。変でしょ？」

「なにがだよ」

「倒れたロッカーの下に折れた槍があったってことは、ロッカーを倒す前に既に槍が地面にあったってことです。犯人はまず槍を折って、優勝カップに刺してからロッカーを倒したんです。ということは、犯人は最初に槍とカップの置いてあった部室の奥に行ったってことです。なのに、部室の奥には靴跡も無かったし、泥も落ちていなかった」

あの日、犯人の靴の泥が落ちているのは部室の入り口付近だけだった。もし不審者が部室から出ていく時に紙火薬を踏んで泥が付いたならば、最初に向かったはずの部室の奥にも、泥が落ちていて然るべきだ。けど、実際には泥は落ちていなかった。

「それに気がついた時、まず疑ったのは『本当に不審者がいたのか』ということです。

……ねえ、柊さん」

柊さんの無感情な瞳が向けられる。

「その腕時計、制服の時は着けないって聞きましたけど」

「だから？」

「あの日、柊さん制服でしたよね。どうして腕時計を着けてたんですか？」

柊さんは目を瞬《しばたた》かせると、清瀬さんと日下部さんに視線を移して、最後は遠く彼方に焦点が落ち着いた。面倒だからもう何も言わない、とその表情は語っていた。

「それからもう一つ。清瀬さんはあの日ずっとベンチに座ってたって、さっき言いましたよね。誰にも出会ってないって」

「言ったな」

と、清瀬さんの乾いた唇は、何かを期待しているように持ち上がる。

「嘘ですよね、それ」

「なんでそう思う」

ボクは、あの日清瀬さんとサッカー部員との会話をくだらないと思ったことを想起している。

「あの日ボクと清瀬さんが部室に行く時、サッカー部員に呼び止められてましたよね。清瀬さん、その時『またかよ』って言ってましたよ。『また』ってことは、一回その人とその話題について話したってことですよね。清瀬さんはあの日、一度陸上部の部室に行こうとして、その時にサッカー部の部室前で声をかけられたんじゃないですか？」

清瀬さんは、「どうだったかな」と小さく口を動かしただけだった。

「問題はそのあとです。『柊さんと清瀬さんが嘘をついているとしたら、それは一体なんのためなのか』。そうやって考えているうちに、思い出したんですよ。日下部さん」

「なんだよ」

「スパイク袋って、今持ってます？」

「あん？　そこに置いてあるけど」

「ちょっといいですか。……これ。ずっと付けてますよね」

日下部さんの目の前にぶら下げたのは、スパイク袋の紐につけたお守りだった。マネージャーが総体前に部員に配った、ユニフォームを模したフェルトのスカイブルーのお守り。

「だから、それがなんだよ」

「あの日、練習が終わった後二人で競走したの覚えてます？」

「ああ、お前が負けたやつな」

「……。その時は気づかなかったんですけど、汚れてたんですよ、お守りが。本来こんな風に、綺麗なスカイブルーのお守りなのに。あの日だけ日下部さんのお守りの色が違った。まるで何か茶色い粉で汚れたみたいな」

そこで、ようやく日下部さんは苦い表情を見せた。舌打ちをする。

「あれって、プロテインの汚れじゃないんですか？　部室に零《こぼ》れてたココア味の」

ボクはすぐに言葉を継いだ。反論の隙を与えたくなかったのだ。

「日下部さん、あの日鍵を開けてすぐ先生のところに行ったって言ってましたよね。荷物も持ったまま。それなのに、その荷物であるスパイク袋にはプロテインの粉がかかってる。それは部室のロッカーが倒れた時、日下部さんがそこにいたっていう動かぬ証拠なんですよ」

「それは――」

「ボクの推測はこうです。あの日、部長が部室を荒らしてる時に、清瀬さんがやってきた。それを見た清瀬さんは、部長を庇おうと考えた。このままだと東郷先生に何を言われるか分からない。部長が部を辞めさせられる可能性だってある」

この期に及んで、清瀬さんは首元に手を当てて何かを考えて込んでいる。真相を暴かれている今、何を考える必要があるというのか。

「そのために、清瀬さんはいくつか細工をした。まず一つは目撃証言です。部長が確実にいない時間に、不審者が部室に入ったという目撃証言を得るため、柊さんに協力を仰いだ。柊さんが制服姿でも時計を着けていたのは、不審者が部室に入ったのを目撃した時間の証言に、信憑性を持たせるためですね？」

柊さんはそっけなく、遠くを眺めている。清瀬さんといい柊さんといい、思っていた反応ではない。

調子が狂いそうになりながらも、ボクは続けた。

「もちろん、それでも東郷先生は簡単には信じないでしょう。鍵のかかっていた部室が荒らされたんだからその鍵を持っていた部長が犯人で、皆がそれを庇っている、と考えるのが普通です。そこで次の細工です。『部長が部室にいない状況で、間違いなく誰かが部室にいた』という物理的に分かりやすい状況を、清瀬さんは作り出そうとした」

「どうやって？」

と、清瀬さんはどこまでも白々しい。

「号砲の音。あれも清瀬さんの仕業ですよね」

「……」

「最初に来る部員――まあボクだったわけですけど――が部室棟前に来た瞬間に、部室で紙火薬を鳴らす。まるで、不審者が紙火薬を踏んだように見せかけてね。部室には砲丸が転がってましたし、それを床の火薬に落とすような簡単な仕組みを作ったんでしょう。清瀬さんが電話をかければ、砲丸を支えていたスマホのバイブレーションで砲丸が落ちる、というような方法で」

号砲がして数十秒後、ボクと清瀬さんが部室に着くと、そこは荒らされている。当然、誰か見知った顔が部室から出てきたのを見たわけではない。こうすることで、部室に部員はいなかったという状況を裏付ける『ボク』という新たな証言者を作るとともに、柊さんの目撃証言に、火薬音と火薬のゴミという物理的な証拠が加わる。上手いやり方だった。

「それから多分、犯人の靴のサイズも清瀬さんの工夫の一つですね。今の部員が履いていないサイズの靴が、部室にはあった――」

「――昔の先輩が残したシューズを使って、足跡を付けたんだな」

日下部さんは背中の後ろで手をグラウンドについて、垂れこめた雲を見上げている。ため息交じりの口調で、その日下部さんの余裕は正直予想外だった。

余裕を少しでも目減りさせたくて、ボクの口調は駆け足になる。

「まさか、三人とも全員が共犯なんて。……普通の人なら気づきませんよ。東郷先生だって、気づかなかったんですから。ボクも考え始めた時は、今回のリレーメンバーの誰かが犯人、程度にしか思っていませんでしたよ。まさか『自分がバトンを貰って、渡していた部員全員が部室を荒らした犯人』だなんて、普通は思いつきません」

夏の午後、湿った重苦しい沈黙の後、まず口を開いたのは清瀬さんだった。

「なあ、染谷。お前の言ってること、大体合ってるよ。合ってるけど――」

日下部さんを一瞥し、言葉を飲みこむ。日下部さんは身体を倒して、大の字に寝転がった。全てを諦めたその態度。ようやくボクの想定通りの反応が見られた。

今日は意味なくリレーをさせられたから、気分が重かった。バトンの重さの分、身体は重くなる。身体の重さの分、気分は重くなる。気分の重さの分、自由からは遠ざかる。

けど、そのバトンはもう七瀬さんが持って行ってくれて、ボクの両手には何もない。

空っぽの両手で、ノックアウトされた日下部さんを見下ろしている。

悪くない気分だった。

＊

練習終わり、ボクは清瀬さんに呼び出された。指定された小さな神社は、高校から駅へ向かう住宅街の一角の高台にある。

石畳の階段を上り鳥居をくぐろうとして、立ち止まった。先客がいたのだ。日下部さんとマネージャーの七瀬さんだった。立ち去ろうと思って踵を返したけど、日下部さんの声が聞こえて立ち止まった。鳥居に背を預けて聞き耳を立てる。いつもは賑やかしい蟬も、今は湿気を感じて押し黙っている。

染谷さあ、と日下部さんは言った。

「あいつの推理って、合ってるけど、合ってないよな」

合っていない？　ボクの推理が？

日下部さんの声は普段から大きい。参道の脇、コカ・コーラの古びたベンチに腰かけているのが、鳥居から見えた。

「確かに勘違いしてたね、染谷くん」

隣の七瀬さんの手にはソーダアイスがある。「清瀬くんがどうやって紙火薬を鳴らしたか――ってところだよね。スマホの振動で砲丸を落としたって言ってたけど、そうじゃないと思うなあ」

くくく、と七瀬さんは笑い声を喉の奥に沈める。「だって、砲丸の重さって、高校男子は六キロだよ。スマホの振動程度で、砲丸を動かすのはムリだって」

「なら清瀬は、どうやって鳴らしたんだ？」

日下部さんの台詞は、ボクが今抱いている疑問と全く同じだった。息を殺して、こめかみに滲む汗を拭う。

「ピストルを使ったんだよ、もちろん」

と、七瀬さんは言った。

「だから、どうやってだよ。紙火薬じゃねえって、お前もさっき言ったろ」

「紙火薬だけが、ピストルじゃないでしょ」

「え」

と日下部さんは間抜けな声を出す。

「電子式のピストルを使ったんだよ」

七瀬さんの口調は、ソーダアイスのように爽やかだった。

「電子式のピストルを使うのに必要なのは、ピストルと、スピーカーと、スピーカーを繋ぐコード。これくらいかな？」

七瀬さんの柔らかい笑顔は、離れたここからでも見える。

「清瀬くんは足跡や火薬の細工をした後、部室の隣にある用具室に行ったんだと思う。そこで用具室のスピーカーに音声コードを繋いで、コードを部室棟前のベンチの足下まで延ばしてたんだよ。大体三〇メートルくらいかな？　コードは部室とテニスコートの間の隙間を通したんだろうね。あの辺りは雑草だらけだし、コードを上手く隠してくれるよ」

七瀬さんの説明に、日下部さんが唸る。

「あとは染谷が来た時に引き金を引くだけ、ってか。……確かにそうしたら部室の方で号砲が鳴ったみたいになるんだろうけど、鳴らした後のピストルとコードはどうすんだ？」

「コードを抜いたピストルだけバッグに入れて、コードはそのまま草むらに放っておいたら、きっと誰も気づかないよ。片づけるのは、いつでもできるしね。……そういう意味では、染谷くんの推理は、日下部の言う通り合ってるようで合ってないかもね」

……間違っていたのか、ボクの推理は。頭の芯が、鈍く痛む。

ややあって、「そうじゃねえよ」と日下部さんは唸った。

「そうじゃねえ。合ってるけど合ってないってのは、清瀬がピストルをどう鳴らしたのか、って話じゃねえ」

「じゃあなに？」

「あいつは言ったろ？『自分がバトンを貫って、渡していた部員全員が部室を荒らした犯人だ』って。合ってる。けど、合ってねえ」

湿った苔の香りが鼻孔をくすぐる。

なあ七瀬、と日下部さんは驚くほど優しく問うた。

「なんでお前、槍を折って優勝カップを壊したんだ」

日下部さんの言葉に、七瀬五郎《ごろう》さんは元槍投げの選手らしい筋骨隆々の腕を軽々持ち上げて、短髪の頭を掻いた。

雨は降りそうでまだ降らない。重く渦巻く空気を、境内に流してくるだけ。

七瀬さんが怪我をして槍投げ選手からマネージャーに転向したのは、二年生の冬だったそうだ。

交通事故で右足を骨折したのだ。医者からはリハビリをしても、三年生の総体には間に合わないと言われたらしい。その診断のすぐ後、七瀬さんは選手を辞めてマネージャーとして部を支えることを選んだ。その足にはまだボルトや固定器具が入っている。大きな体格で歩幅が狭いのはそのせいだった。

「まあ、日下部には、悪かったと思ってるよ」

そしてその七瀬さんは、日下部さんの言葉を否定しなかった。……どういうことだ？七瀬さんが部室を荒らした犯人？

日下部さんの言葉が境内に這う。

「俺だけじゃないだろ。清瀬も柊も……。染谷は俺が部室を荒らして、それを誤魔化すために清瀬と柊が手を貸したように言っていたけど、実際はそうじゃねえだろうが。七瀬が荒らした部室を、俺と清瀬と柊でごまかしたんじゃねえか」

森閑とした境内、七瀬さんが無言でアイスを齧る。

「あの日、部室の鍵を開けた俺の目の前には、折れた槍と、槍が刺さった優勝カップがあったよ。前日、最後に鍵を閉めたのは七瀬だったし、俺以外に鍵を持っているのはお前だけだったから、お前がやったってことは、すぐに分かった。このままだとお前は退部させられかねない、って直感的に思ったよ。あの有様を見て、東郷先生が何も言わないわけがない」

そう、と今度は七瀬さんが引き継いだ。いつも通り穏やかだった。

「日下部はとっさに、目の前にあったロッカーを引き倒した。お前のことだから、無我夢中だったんだろうね。その時、清瀬くんが来た」。そこで、愉快げに白い歯を見せてから「あとは大体、染谷くんの言った通りだよね？　清瀬くんが部の人間が関与していないことにするために、柊さんに目撃証言をでっちあげることをお願いしたこと。その目撃証言を裏付ける証拠として、ピストルの音と紙火薬と足跡を細工したこと。……染谷くんの推理が間違ってるってほどじゃ、ないんじゃない？」

ボクの推理が間違っているほどではない、というその言葉だけが、階段を降りようとするボクの足を引き留めている。そう、ボクは間違っているわけじゃない。少し、少し上手くいかなかっただけなんだ。ボクは間違っていない。

そうじゃない、と日下部さんは吐き捨てた。

「俺はあいつが間違ってるなんて言ってない。合ってる。けど合ってないんだ。あいつは言っただろ？『バトンを貰い、渡していた部員全員が犯人』だって。それは合ってるんだ。俺たちは間違いなく、マネージャーである七瀬からバトンを受け取り、走り終わって、バトンを七瀬に返したんだよ。

けど、染谷の想定した『部員全員』の中に、七瀬は入っていなかった。染谷は、犯人は俺と清瀬と柊だけだと思ってた。……合ってるけど、合ってねえ。マネージャーが部の一員だと、染谷はまだ理解してねえ」

帰ろう、早く帰ってしまおう。鉛を飲み込んだように、胃が重い。けど肝心の足は、地面に張り付いて動かない。

日下部さんは続ける。

「清瀬が染谷に今回の事件のことを思い出させようとしたのも、そのためだろうよ。新チームになっても、染谷は相変わらず自分勝手で、わがままだ。それが悪いわけじゃない。あいつの言うことも分かる」

「日下部もよく言ってたしね。速いのは自由だって」

「ああ。速いのは気持ちいい。とことん自由になったような気分になる。だけど、お前がマネージャーになってから、特に思うんだよ。……なあ、自由って何だ？」

同じような言葉を、さっき清瀬さんに尋ねられたのを思い出す。

日下部さんは喋りながら、ずっと俯いたままだ。

「速く走るためには練習が必要だ。練習のためにはトラックのラインを引かなきゃならない。スターターも記録員も必要だ。それで速く走って、記録を更新して、……それって本当に自由なのか？」

「部のことを考えるようになれるなんて。ほんと変わったねえ、日下部も」

変わんねえよ、と日下部さんは自嘲気味に言った。

「……結局、俺は七瀬がどれほど苦しんでるのか、あの日部室に入るまで気づいてやれなかった。それにこの話を今の今まで、お前にできなかった。こうやって引退して、陸上生活が終わっちまうまで、お前に向き合うこともできなかった」

切実な響きに引き寄せられるように、雨粒が落ちてくる。

ぽつり、ぽつり、と。雨に導かれるように、今度は七瀬さんが言葉を紡ぐ。

「お前も、合ってるけど、合ってないなあ」

七瀬さんは食べ終わったアイスの棒を、器用にゴミ箱へ放り込みながら言った。

「学校を休んだあの日の夜、連絡が来たんだよ。誰だと思う？　清瀬と柊だよ。柊なんか特にそっけなかったけど、二人とも気遣ってくれた。日下部がなんとかしようとしてくれたのも、その時聞いたよ。それから『県大会でも頑張りますから、一緒に練習しましょう』なんてことも言ってくれた」

七瀬さんは雨に煙る空を見やった。「正直、もう辞めるつもりだったんだよね」と、口の中で言葉を転がすようにしてから告げた。

「だって、あんなことまでして、部にいられるわけがない。けど、あいつらの連絡で、やっぱり部にいようって思った。後輩のこいつらが頑張ってるのに、オレは何してんだろうって。だから、次の日、部活に行ったんだ。なんとか普通っぽい感じを装ってさ、お前とあいつらの努力を無駄にしたくなかったから」

だからつまりさ、と。

「終わらないんだよ、多分。オレらはもう、引退する。あのグラウンドで部員として走ることは、もうない。だけど、あいつらは同じグラウンドで走り続けるんだよ。リレーみたいなもんでさ。バトンはずっと、途切れないんだ。オレらのずっと前には、東郷先生もそのバトンを持ってたんだよ、きっと。それらをオレらが受け取って、今度は清瀬や柊が持って走って、そんでその次は染谷に渡るんだ。終わらないんだ、絶対に」

声が震えて聞こえるのは、増す雨音のせいか、それとも。

「引退しても、終わってないんだよ。これからも、オレとお前の走路は続くんだよ。ずっとずっと、続いていって――」

そこまでだった。

ボクは雨に耐え切れずに、石段を降りた。大きな滴が住宅街のアスファルトを黒々と染め上げる。冷気が足元から這い上がってくる。

――ボクの推理はどうやら間違っていたらしい。

しかし、事件に七瀬さんが関わっているなど、どうして予測できただろう？　あの事件の日、東郷先生が部室の前を通った時に、部室の奥にあったはずの折れた槍が刺さったカップに気づかなかった。その上で東郷先生は『四時頃はこんな風にロッカーは倒れていなかった』と言ったから、その日学校にいなかった七瀬さんは時間的に容疑者から外れた。論理的だ。シンプルな導きではないか。

しかし、とまたどこかで声がする。

この事件に関して、清瀬さんに「このリレーに関わる人物」と匂わされた時点で、一度七瀬さんを容疑者に入れるべきではなかっただろうか。それをリレーメンバーの三人だと勝手に解釈したのはボクに他ならない。リレーに関わる人物として、ほんの少しでもマネージャーが頭に浮かんだだろうか？

……まったく、馬鹿馬鹿しい。

もちろん、浮かばなかった。ボクは誰よりも速い人間を目指しているのだ。部が一体何だというのか。意味のない物事に拘《こだわ》らないこと。常に身軽でいること。そうすれば、誰よりも速く、自由になれる。そうやってボクはこれまで——。

足が止まった。

だったらなぜ、ボクはユウさんに負けたのだろう？

大粒の雨で、アスファルトは冷めていく。

先ほどのリレー、自由へつながる白い塊の向こう、ユウさんは軽々とその先へ飛び込んでいった。部長という無駄な重みを背負っているというのに、彼は驚くほど速い。驚くほど速くて、憧れるほど自由だった。

人間関係とか気遣いとか、そんな無駄な重みを全部捨て去って、誰よりも速く駆けること。それこそが自由だ。そう思っていた。

それで合っている、はずだった。

降る雨脚は強くなり、シャツに滴が浸み込んでいく。足は勝手に歩みを進め、徐々に駆け足になる。景色が溶けたように後ろへ流れる。なぜだか、身体全体が走りたがっていた。何かから逃げたいのか、追いかけたいのか。分からない。分からないことだらけだった。

リレーのように後ろに手を伸ばせば、誰かが答えを渡してくれるのだろうか。あるいは、もう渡されていて、気がついていないだけなのか。

雨が激しく降りしきる中、がむしゃらにボクは走る。

こうして走るというボクの選択が正しくないということは、頭では分かっていた。フォームも崩れるし、足を傷める可能性だってある。理性的なボクがこんな行動をするなんて、全然合っていない。

しかし、合っているけど合っていないものが、いくらでもあるのだ。合っていないけど合っているものだって、もちろんあるだろう。

足元で水しぶきが跳ねる。アスファルトは硬く、弾む身体は軽い。

白く濁る雨のその向こうへ、今なら辿り着ける気がした。

ルビコン川を渡る

残り一〇〇メートルは、傾斜の緩い上り坂だった。

「清瀬《きよせ》さん、十八分二十五秒でーす」

僕のタイムを読み上げる女子マネージャーの声が、山間の深緑に溶けていく。他校の生徒だから、彼女の名前は分からない。しかし、焼けつくような日差しの下で、その甘ったるい声と香水は、申し訳ないがご遠慮いただきたかった。

崩れ落ちそうな足を何とか進める。麓を見渡せる空き地に出て、ようやく地面に膝をついた。

「おー、うちの高校では清瀬が一着か。さすが副部長だなあ」

ベンチに腰掛ける諏訪野《すわの》教諭の口調は、あからさまに熱量のこもっていないものだった。右手にボトルのコーヒーを揺らしている。「ま、おつかれさん」

空き地には、僕の他に他校の生徒が四人いた。つまりこの地区の中距離ブロックで、僕は五番目でゴールしたということになる。持ちタイムを考えれば順当だが、喜ばしいことか恥ずべきことなのか困る順位だった。

「なあ清瀬、聞いてくれよ」

諏訪野教諭は僕が座り込んでいることなど、全く関係ないようだった。テスト終わりの友人のような軽い調子で話しかけてくる。

「さっき他校の先生から怒られちまったよ。『コーヒーを飲むな』ってさあ。陸上部の合宿って引率の教員がコーヒー飲むのもだめなのか？」

そんなこと、僕に分かるわけがない。

「生徒が頑張ってるのに嗜好品を飲むなだとさ。いや、知らねえよ、そんなこと。高校でも大学でも、運動部なんて入ってなかったし。俺がコーヒー飲んでたら、お前のタイムになんか関係すんのか？」

いつも覇気のない口調の三十代の生物教員が、珍しく語気を強めている。バンドのライブTシャツにベージュのチノパンといういでたちは、確かに陸上部の合宿ではあまり見ない格好ではあった。無精ひげもきっと、減点材料だろう。どうなんでしょうね、とだけ短く応じておく。そうする以上の体力が残っていなかった。

地面に手をついて見上げる夏の夕方の空は、深いわりに澄んでいた。高原の穏やかな風が青々とした木々を揺らし、火照った身体を通り抜けていく。

火照りが冷めるにつれ、頭も醒めてきた。先生に対してぶっきらぼうに答えすぎたかな、と先ほどの言動への反省が頭をもたげた。一口ドリンクを含んで、言葉を探す。

「諏訪野先生って、陸上部の副顧問だったんですね」

「この八月からな。副顧問の先生が産休に入ったから。もう少し時期がずれてりゃ、こんなとこに来なくてよかったのによ」

近隣の高校が集まって行う合同合宿は、例年この合宿場で行われている。山のど真ん中を無理矢理切り崩して作ったような合宿場に、良い思い出を持つ部員はいないだろう。それは敷地外に出るや電波が通じないほどの山奥だとか、せっかくキャンプ場やアスレチックがあるのに遊ぶ時間がないだとか、そんな可愛い理由からではない。

単純に練習がハードすぎるのだ。

トレーニングは種目ごとに分かれて行うが、どのブロックでも音を上げる生徒が続出する。今日の中距離ブロックの締めのメニューは、起伏のあるコースを走るクロスカントリー走だった。疲労が抜けないままの練習は、なかなか堪《こた》えた。

「小野寺《おのでら》さん、十九分五十秒でーす」

マネージャーの声に遅れてよろよろと現れたのは、同じ高校の後輩の一年生、小野寺徹《とおる》だった。順位は十位くらいだろう。こちらは持ちタイムを考えると、かなり健闘したといえる。中学時代は野球部だったらしいから、グラウンドで淡々と走る練習よりも、山の中を走るような変化のあるメニューの方が合っているのかもしれない。

「おつかれ」

紙コップにドリンクを入れて差し出してやる。小野寺は砂漠でオアシスを見つけた遭難者のように、無我夢中で飲み下した。どんぐりのような形の目が、今は血走っている。小野寺は飲み終えると同時に、安心したように倒れ込んだ。鼻の横に星座のように並んだニキビが潰れて、血の塊が付いている。

「そんなにしんどいのか、この練習」

諏訪野教諭は解剖図を眺める目つきで、小野寺を興味深げに観察している。

「まあ、小野寺は最初の方、坂井川《さかいがわ》高校の明神《みようじん》について行ってましたからね」

「明神？　ああ、一着の子か」

八〇〇メートルでインターハイに惜しくも届かなかった明神幸哉《ゆきや》は、少し離れた位置でストレッチをしていた。強面の表情を崩さず、バネのある大きな身体をしなやかに前屈させている。真っ赤なランニングシャツは彼の拘《こだわ》りで、四泊五日のこの合宿のために何着も持ってきているらしい。

「明神さんエグいっス……」

小野寺はうつ伏せのまま呻く。もう一ミリも動きたくない、という気持ちは痛いほど分かる。「あのスピードで走り続けるとか、想像しただけで途中から目がちかちかして、俺ァもう……」

「ふうん。ま、今日の練習はこれで最後だろ？　ゆっくり寝て、明日また頑張れよ」

「明日なんて言わないでくださいっ」

小野寺はがばっと起き上がると、声を荒らげた。「合宿、あと何日あるんスかこれ……。マジで無理っスよもう……」

そう言ってまた倒れ込む。諏訪野教諭の笑い声に、もう一つ女性の声が重なった。

「死んでるねえ、小野寺くん」

三年生の佐竹優希《さたけゆうき》先輩が、嗜虐《しぎゃく》的な笑みを湛えて現れた。三年生はもう部活動を引退しているが、手の空いている先輩はボランティアで合宿に帯同してくれている。佐竹先輩もマウンテンバイクで僕らに伴走してくれていたが、汗を流す後輩を応援するというピュアな動機だけだったのかは疑問だ。

「なんだろうね。こう、何も知らない後輩が合宿で死んでいるのを見守るのは、なんでこんなに楽しいんだろうね。優越感とは少し違う何かがあるよね」

ハスキーな笑い声とともに、外に跳ねた髪の毛が揺れる。やはり、手伝ってくれているのは、そういう理由らしかった。小野寺が突っ伏したまま呻く。

「趣味悪いっスよ、佐竹先輩」

「小野寺くん、がんがん行ってたからねえ。見てて気持ちよかったよ。途中からかなりペースダウンしたけど。ま、明日も頑張れ」

「だから、明日なんて言わないでくださいってば」

「でも確か、今日の夜から雨が降るんじゃなかったかな。雨だったら、明日は体育館でトレーニングかもね」

「体育館なら、楽っスか？」

「翌朝一ミリも動けなくなるような、地獄のトレーニングだよ」

佐竹先輩は小野寺に八重歯を見せて言う。小野寺はぞっとしたように僕を顧みるが、佐竹先輩の表現もあながち嘘ではない。どう応じるべきかと考えていると、ふいに大声が響きわたった。

「最後！　ラストスパートだ！　諦めんなー！」

坂井川高校は私立の強豪陸上部で、三十年以上そこで指導する監督はこの合宿の名物でもある。指導が的確だという以上に、とにかく熱い人だった。大声とスキンヘッドが特徴だ。

監督はゆでダコのように赤くなりながら、坂の下に向かって大声を張り上げている。

「走れ！　歩くなー！　諦めるな！　そうだ、腕を振れ！」

どうやら、最後の選手がゴールしたらしかった。腕時計を見てみるが、かなり遅い。どこか身体を故障でもしたのだろうか。

到着したのは、色白で大きな眼鏡をかけた選手だった。Tシャツのロゴで坂井川高校の生徒だと分かった。彼はゴールした途端、腰の骨が折れたように倒れ込んだ。マネージャーが面倒そうに紙コップを渡している。佐竹先輩も救急バッグを肩から背負って、軽やかに駆けていった。

「今日ってこれで終わりだよなあ」

ぼそりと諏訪野教諭が尋ねてくる。腕時計は夕方の五時を指していた。

「終わりだと思いますよ」

「よかった。早く部屋に戻りたいぜ。シャワー浴びてさっさと寝たい」

「先生は気楽でいいっスね。俺らこの後、栄養学の講義があって、その後に飯と風呂っスよ。部屋も六人部屋で風呂もトイレも共同だし。しかも俺、坂井川高校との相部屋なんスよ、もう嫌っスよまじで」

ようやく身体を起こした小野寺が、ぶちぶちと文句を垂れている。諏訪野教諭もさすがに同情したようで、声を和らげた。

「大変だなあ、お前らも。ストレス溜まっても、女子宿泊棟に忍び込んだりするんじゃねえぞ」

「ルビコン川っスよね。さすがに渡んないっス。厳命されてるんで」

「ルビコン川？」

諏訪野教諭の頭の上にクエスチョンマークが浮かんでいる。確かに小野寺の今の言い方では伝わらない。僕はドリンクを飲み干して補足した。

「ほら、男子宿泊棟と女子宿泊棟の間だけ、道がアスファルトじゃなくて土になってるじゃないですか。あれ、昔からルビコン川って呼ばれてるんですよ」

諏訪野教諭は首を伸ばして目を細めた。この空き地からは、ちょうど合宿場を見下ろせる。手前から、体育館、管理棟、男子宿泊棟、女子宿泊棟の順番に長方形の建物が直線に並んでいて、それらの隣に陸上競技場がある。建物を結ぶアスファルトの道が一本通っているが、男子宿泊棟と女子宿泊棟の間の数メートルだけ、赤茶色になっている。舗装されておらず、土がむき出しになっているのだ。そこだけ粘り気のある赤土になっている。

「女子宿泊棟の向こうは森だから道路は突き当たりですし、男子生徒からしたら、本来あの道を通る必要がないんですよ。あそこを通る用事があるとしたら、女子宿泊棟ってことになるんです」

僕の説明に諏訪野教諭はしみだらけの頬を撫でた。「あの土を川に見立ててるわけか。渡るともう後戻りできない川、だから『ルビコン川』ってか。なるほど。お前らって、たまに上手いこと言うよな」

「え、どういう意味スか」

今度は小野寺が理解できていない。『ルビコン川』というのを、この合宿場だけで使う固有名詞と思っていたらしい。

「おいおい。小野寺、お前世界史選択じゃねえのか?」

諏訪野教諭は授業でもこんな風に生徒を煽る。それでも評判が悪くないのは、その口調が本当に馬鹿にしているからではないと、皆分かっているからだ。

小野寺もやけに真面目ぶって応じる。

「や、日本史ス」

「『ルビコン川を渡る』って故事、聞いたことねえのか？　『賽《さい》は投げられた』とか、『来た・見た・勝った』とかさ」

「国語は苦手なんで」

「他の教科はできるような言い方すんじゃねえよ。生物も苦手だろうが、お前はよー」

「『ブルータス、お前もか』ってのは、聞いたことあるんじゃないか？」

途中からさすがに可哀そうになってきて、助け船を出してやる。僕の言葉に、それはあります、と神妙な顔をして小野寺は頷いた。本当かな。まあどうでもいいけれど。

諏訪野教諭は嬉しそうに解説を始めた。

「紀元前のローマではな、北方から首都に向かうにはどうしてもルビコン川っていう川を渡る必要があったんだと。けど、敵地から首都に帰るとき、軍隊を率いたままルビコン川を渡って首都に向かうことは、禁止されたんだ。それは国家に対する反逆ってみなされてたんだな。けど、カエサルっていう将軍は、国を敵に回すことになるのが分かっててそれをやったんだよ。そして国の中枢を倒して、逆に自分が国を動かす立場になった。そのことから、後戻りできない決断の慣用句として、『ルビコン川を渡る』って使うんだよ」

「はえー。すごい人なんスすね、カエサルさん」

「まあ、最後はブルータスに暗殺されるけどな」

集合、と坂井川高校の監督の声が高台に響いた。その凛とした響きに、生徒たちは疲労を忘れて反射的に腰を上げる。

「おい、新島《にいじま》っ。早くしろっ」

怒鳴られているのは、先ほど最後に到着した色白の選手だった。眼鏡を押し上げ、項《うな》垂《だ》れたまま輪に加わる。

「今日のメニューはこれまでだ。みんなよく頑張ったな。飯をちゃんと食って、寝る前にはお互いにマッサージを必ずすること。風呂でも、なるべく湯船に浸かって筋肉をほぐせ。次の日に備えることが、結果につながる」

彼の言葉は熱さの裏に堅さがある。情熱的というわけではない。多分、性格も生真面目なのだろう。

それから、と仁王像のような、強い視線を円陣に巡らす。

「明神」

「ハイっ」

明神は太い眉を一ミリも動かさずに大声で返事をした。

「苦しくなった時腕の振りが横になる傾向がある。いつも言ってるぞ」

「ハイっ」

「続いて、関《せき》」

「え、あ、はい」

「お前はもっとスプリント力をつけろ。最後にものをいうのは速さだ」

「あ、はい。ありがとうございます」

どうやら、一着から順番に講評をするつもりらしい。去年もそうだったが、よく他校の生徒の名前と顔を覚えているものだと感心する。

「清瀬」

しばらくすると僕の番がやってきた。返事をすると、わずかな間があった。視線が僕の足下からゆっくり上って、目で止まった。目力が強い、というのはきっとこういうことを言うのだろう、と思った。

「……お前はもっと、限界に挑戦しろ。走りが綺麗すぎる。諦めるのが早い」

焦らしたわりには、案外普通のアドバイスだった。拍子抜けして、その後に返事をするタイミングを逃してしまった。小野寺へのアドバイスは「最初に力を使いすぎている。場数を踏め」という簡単なものだった。

「最後に、新島」

「……はい」

新島と呼ばれた眼鏡の生徒は、ふて腐れたように頭を持ち上げた。最後にゴールしてすぐ倒れこんだ生徒だ。下ぶくれした顔と肉のついた身体は、明らかに経験者のそれではなかった。

「お前はもっと練習しろ」

驚いたことに、彼は返事をせずにちっと舌打ちを返しただけだった。思わず、坂井川高校の部長でもある明神に視線を流した。明神はポーカーフェイスを崩して、分厚い唇を不満げにへの字に曲げている。強豪の坂井川高校には珍しいシーンだった。

「……以上だ。各々ダウンをして解散」

その場で座り込む選手が半分、足を引きずってクールダウンに向かう選手が半分。小野寺がへたり込んだのを見て、僕も腰を下ろす。

立ち上る土煙の匂いが、鼻孔をくすぐる。「やべえ、攣《つ》った」「誰か伸ばすの手伝ってくれー」山を下りようとした選手の悲鳴と笑い声が、蜩《ひぐらし》の鳴き声とともに木々の隙間に染み込んでいく。

開脚して、筋肉を伸ばす。張っている筋肉が、緩やかに収縮する。

夕暮れが近づき底が深くなりつつある青空に、飛行機雲がまっすぐ横切っていた。

＊

夕食はバイキングだった。食堂は全員が入れるほど大きくないため、ブロックごとに交替で食事を取る。僕たち中距離ブロックは一番目だったため、目の前には手つかずの温かい料理が並んでいる。嬉しいが、嬉しくない。胃が食事を受け付けるまで、もう少し時間が欲しいところだった。

「清瀬さん、豚肉多めですね。ご飯少なくないっスか？」

隣に座る小野寺が、僕のトレイをのぞき込んでくる。

「筋肉疲労には豚肉って、さっき企業の人が言ってたから」

「早速っスか。さすがっスね」

練習後、食品系の企業の担当者から栄養学の講義があった。もちろんボランティアで来てくれているわけではない。自社の商品を宣伝するためだ。宣伝とはいえ、自社の商品も差し入れてくれるからありがたい。今回は、風呂上がりにペットボトル飲料が貰えるという話だった。

「お前は食い切れるのか、それ」

小野寺のトレイには大量の食事が詰め込められていた。自信ありげに胸を張る。

「ご飯、明神さんがよそってるのをそのまま真似したんスよ」

向かいのテーブルの明神に目を向ける。レバニラ、トマト、ゆで卵、サラダ、コンソメスープ、確かに同じ料理だったが、違うのはその量だった。明らかに小野寺の方が多い。トマトだけで皿一つを使っている。

小野寺は膨らんだ頰の中のトマトを、危なっかしく転がした。「陸上では明神さんに負けますけど、せめてご飯だけでも、追い越してやろうと思って。食う量では負けないスよ、俺は」

「勝ち負けあるのか、それ」

「俺の心の問題っス」

言うやいなや、膨らんだ頰に白飯をさらにかき込む。なんだか今日の練習のペースみたいだな、と思う。後半にバテなければいいけれど。

しかし、明神の真似をするというのは良いことのように思えた。そういった相乗効果も、この合同合宿の意義の一つだろう。豚肉を口に運びながら、僕も明神の方をぼんやりと眺めた。明神は大きな口に豪快に食事を放り込んでいく。

ふと、明神の手が止まった。あからさまに面倒そうな表情になる。

「新島。お前、ちゃんと食えよ」

明神の声は太く大きい。話し方も尊大だから、食堂の喧騒の中でも十分聞き取れる。

「なんでスープだけなんだよ。さっきの話聞いてなかったのかよ。食事から身体作りは始まってんだよ」

明神に注意されているのは、先ほど最下位でゴールした一年生の新島だった。大きな眼鏡が、神経質そうな顔つきに拍車をかけている。

明神は返事をしない後輩に対して、苛立ちを隠そうともせずに言葉をかぶせる。

「食わねえから遅いんだよ、ったくよ」「……」「大体、なんでお前うちの陸上部に入ったんだ。中学ん時は帰宅部だろ？」「……」「空気読めよ。大体分かるだろ、うちの部のレベルとかさ。お前はついて行けないってことくらい。ほんと、なんで俺がここまで面倒見なきゃいけねえんだよ」「……」

新島は忙しなく眼鏡を持ち上げるだけで、返事をしない。その様子だけ見ると、明神が苛立つのも、分からないでもなかった。新島は言い返すわけでもなく、しかし口元だけわずかに動いていて、自分にしか聞こえない言葉を発しているようだった。確かに、坂井川高校には珍しいタイプの部員なのかもしれない。

「清瀬さん」

振り向くと、小野寺はにっこりと山盛りのトマトを差し出してきた。

「トマト、食ってください」

「……お前さ。明神に勝つんじゃなかったのか」

「明神さん、今見てたら、新島君に冷たいじゃないスか。俺、明神さんと新島君と同じ部屋なんですけど、ことあるごとにあんな感じなんスよ？　思えば、人間的には俺が勝ってるんで、ご飯の量では勝たなくてもいいっス」

暴論もいいところだった。黙ってトマトを受け取りながら、小野寺に尋ねる。

「けど、なんであの子、陸上部に入ったんだろ」

トマトを僕に押しつけた小野寺は、今度はレバニラと格闘し始めた。見事にレバーだけ残している。

「新島君ですか？　普通に陸上が好きなんじゃないスかね」

「小野寺は同部屋だろ。聞いたりしてないの？　厳しい部って知りながら、初心者が入るかな？」

「さァ。けど、明神さんだってあんな態度はしなくていいじゃないっスか。足は速くても、人間としてどうなんスかねえ。こうやって他校を見てると、やっぱりうちの部長はすごいって、改めて分かりますね」

部長のユウは、短距離ブロックのため行動スケジュールが異なる。まだ食堂には来ていないようだった。多分、風呂か自由時間だろう。

「ユウさんって、昔からああなんですか？」

「ああって？」

「明るいし、後輩想いだし、真面目だし。有名人だからって、明神さんみたいに偉そうにしないじゃないスか。俺、ユウさんとも同じ部屋ですけど、ユウさんは俺のマッサージしてくれますよ。明神さんはしてもらうばっかりですけど」

昔のユウ？　どうだったろうか。

僕とユウは、家が近所で保育園の頃から一緒だった。野菜が嫌いなのは昔からそうで、ゲームは格闘系は苦手。逆に、RPGみたいなやりこみ系のゲームは好きだった。分数の割り算をマスターするのに、僕が図書室で教えたこともあったろうか。

ユウとの昔の思い出は、そんな風に具体的なことは思い出すことはできた。ただ、それをそのまま小野寺に返すには、少し具体的すぎる気がした。

どうだろう、と曖昧に頷きながら、最後のトマトを飲み込む。待っていたかのように、じゃあ戻りましょうと小野寺が立ち上がる。僕は彼を呼び止める。

「おい小野寺」

「ハイ」

「レバー」

「ハイ？」

「レバー残すな」

「あ、ばれました？」

皿に取った料理は、全部食べ切るルールになっていた。意味のないルールだと割り切ってしまえばそれまでだが、僕も副部長として一応は声をかけないわけにはいかない。

小野寺は恨めしそうにレバーを嚙み締めはじめる。

「清瀬さんも、昔からこうなんスか？」

「ん？」

「こんな風に、細かいというか、きちんとしすぎているというか」

「どうだろうな」

自分に関しては昔がどうとか今がどうとか、あまりよく分からない。

がやがやと食堂に入ってきたのは、投擲《とうてき》ブロックの一団だった。一気に食堂の温度が高くなったのは、気のせいではないだろう。彼らの身体は、同じ高校生とは思えないほど分厚い。Tシャツが今にも破けそうなほどだ。風呂上がりなのだろう、皆タオルを首から下げ、同じパッケージのペットボトルをぶら下げていた。

投擲ブロックの生徒は、次々と皿を山盛りにしていく。見ているだけで、胸の奥が酸っぱくなってくる。

「お、清瀬。ここ空いてる？」

坂井川高校の副部長の勅使河原《てしがわら》が、僕を見つけてやってきた。砲丸投げが専門の勅使河原は、大きな身体を小さくして、僕の隣に滑り込んできた。身体だけでなく顔にも肉がたっぷりついていて、笑わなくても目が笑っているように見える。

「どうよお、そっちの今年の一年は？」

勅使河原とは去年合宿で同部屋だったこともあり、よく話す仲だった。特に、今年はお互い副部長ということもあり、交換する情報は多い。

勅使河原のゆったりとした口調に、自然と自分の口調もつられる。

「まあ、普通かな」

「普通ってなんスか。俺、今日なかなかだったでしょ」

レバーを水で流し込みながら、小野寺が口を挟んできた。からからと勅使河原が笑う。

「おお、きみ元気いいねえ。名前は？」

「小野寺っス」

「清瀬と同じブロックってことは、一五〇〇？」

「一五〇〇と、八〇〇っス。どっちも県にはいけなかったっスけど」

「おおー。頑張って県に行けよ。来年の県総体はうちの地区の年にしてやろうな」

「うス」

勅使河原の話し方はゆっくりで、そして温かい。部長である明神の尊大な態度を思い浮かべて、坂井川高校はきっといいバランスなのだろうなと思う。

勅使河原はペットボトルのドリンクをちびりと口に含んだ。そういえば、勅使河原はまだ食事を取っていない。尋ねると、照れたように赤い頬を撫でた。

「いやー、今日は体育館のウェイトルームでのトレーニングがきつくてさあ。それに風呂場でのぼせちゃってなあ。まだ食欲がないんだ、実は」

「のぼせるほど長く入れるような、良い風呂場でもないっスよね？」

小野寺はレバーを摘み上げては置く、その動作を繰り返している。

「いやー、なんというか」

ばつが悪そうに勅使河原はもぞもぞと話す。「風呂入りながら、誰かが調子乗ってスマホでAV流し始めてさ。みんな、その、湯船から出るに出られなくなって」

小野寺が爆笑する。近くにいた名前も知らない男子生徒も、笑っていた。

「なんスかそれ。ちなみにその女優って――。っていうか、風呂場って電波つながるんスか？」

近くに女子生徒が座ったのを見て、小野寺が上手く話題を逸らした。「女子風呂は電波届かなくて、音楽流せないって部の子が愚痴ってましたよ。敷地内で唯一、電波が入らないとかで」

勅使河原も上手く応じる。

「さあ？　普通に流してたけど……っておい小野寺くーん。もしかしてきみ、その『部の子』って、彼女じゃねえだろうなあ」

「や、えーっと……ハイ」

勅使河原は大げさに落ち込んでみせた。

「ふざけんなよきみさあ。うちの高校は部内恋愛厳禁なんだぞ。罰として今日の夜、おれのマッサージに来いよ」

「なんの罰っスか。あ、このレバー食べてくれたら行きます」

「ん、いいぜ」

山盛りの茶色い塊が、勅使河原の大きな腹に綺麗に納められていく。埃《ほこり》が掃除機に吸い込まれるのを見るような、爽快感があった。つい数分前に会ったばかりなのに、もう勅使河原と小野寺は旧知の仲のように笑いあっている。

食堂には跳躍ブロックも到着していて、混雑し始めていた。ふと思い出して明神の方を見ると、そこにはもう違う生徒が座っていた。明神に怒られていた新島は、スープの前でまだ座っていた。分厚い眼鏡の奥の視線は、思いつめたようにじっと器の底にあった。

中距離ブロックの風呂の時間は、七時半から八時半の間だった。時間が近づいている。勅使河原と力こぶを比べている小野寺に、早く食堂を出るよう促す。

＊

その夜、布団に沈み込むような深い眠りから、スマートフォンの振動で起こされた。

電話？　小野寺から？

頭が上手く回らない。画面の時刻を見ると十一時を少し過ぎていた。

「もしもし」

二段ベッドの下段のため、身体を起こすと頭をぶつけそうになった。スマートフォンを持ち上げる腕が、鉛のように重い。

「あ、清瀬さんすみませんッス。寝てました？」

「ああ」

掠れた声が漏れた。消灯は十時だった。建物内の消灯を告げるアナウンスが廊下のスピーカーから流れたのがうっすらと漏れ聞こえた後、一分も意識を保てなかった。

「疲れてるとこ申し訳ないんスけど、ちょっと、ちょっとだけ」

声を殺した小野寺は、何かひどく焦っているようだ。電波が悪いのも相まって、何を言っているのか聞こえない。

「なに？　ゆっくり言ってくれ」

「ちょっと、俺の部屋まできてくれません?」

「お前の部屋?」

「そこで相談しますんで」

一方的に電話を切られた。五秒ほど目を閉じて、何とか立ち上がる。冷蔵庫のドリンクを一口飲むと、少しはエネルギーが注入されたような感覚になる。

非常口の緑の光を頼りに、ふらふらと小野寺の部屋に向かう。途中、窓の水滴で雨が降っていることに気がついた。快晴だった名残のように澄んだ滴が、ゆっくりと落ちていった。窓まで雨に打たれているのだから、風も多少吹いているのだろう。明日のメニューは、佐竹先輩の言っていた通り、体育館でのトレーニングになるかもしれない、などとぼんやり思いを巡らす。

明神と小野寺と勅使河原の三人が、部屋に一つあるデスクの近くに集まっていた。

「マジですみません、清瀬さん」

「いいけどさ。どうしたの?」

六人部屋に三人しかいない。しかも、勅使河原は別の部屋のはずだから、この部屋にいるべき六人のうち、明神と小野寺以外、残りの四人がいない。何かがあったんだろう、ということだけは分かった。

小野寺が口を開いた。

「新島君が消えたんス」

「は？」

「新島がバックレやがった」

明神は嚙みしめた奥歯の隙間から漏れ出るような声で言った。その語調の強さで、眠気が徐々に引いていく。

「どういうこと？」

小野寺を見やる。デスクライトの光で陰になっている表情は、それでも歪んでいるのが分かった。

「九時すぎくらいから姿が見えないなとは思ってたんスよ。けど消灯の十時になっても部屋に帰ってこなくて。先生に言おうかって話にもなったんスけど……」

小野寺は横目を明神に滑らせた。明神が言葉を受ける。

「こんなことで、また監督に怒られるわけにはいかねえんだよ。ったくいつもいつも、あいつはほんとによ」

不機嫌な声がだんだん大きくなり、慌てて小野寺が身振り手振りでなだめる。隣で勅使河原がぽりぽりとポテトチップをかじりながら、

「まあ、そうなんだよねえ。新島って、前にもこんな感じのことがあったりしてさあ」

と、ぼうっとした口調で言う。

「バックレたってことスか？」

「というか、部に迷惑をかけること、かなあ」

あくまで穏やかな勅使河原の言葉を、爆発しそうな明神が引っ手繰《たく》った。「練習中に注意されたら急にキレて部室に籠ってみたり、そのくせ道具を準備するのを指示したら雑用ばかりやらせるって抗議してきたり。その度に部長の俺が怒られるんだぜ？　今日の練習で監督に言われたことが気に食わなかったんじゃねえの？　いい加減にしてくれよ本当に」

確かに神経質そうな雰囲気ではあったが、どうやら新島は少し変わった生徒のようだった。陸上強豪校で部を荒らされる苦労について考えると、明神が憤るのも無理はないのかもしれない。

「それで？」

と、僕は尋ねる。新島の性格は分かったが、本題はそこではないだろう。「今の状況は？」

「とりあえず、三十分間はこの部屋の人間で手分けして新島君を捜そうってことになったんスよ。うちの高校からはユウさんと染谷《そめたに》、あとは坂井川高校の一年の奴が捜しに行って」

「ユウと染谷？」

染谷はもともと他人を顧みないような自己中心的な一年生だったが、最近はそうでもなくなってきている。道具の片付けも、他の一年生ときっちりやるようになった。

なぜ部長のユウが捜しに行って一年生の小野寺が部屋に残っているのか、と言うつもりはなかったが、察した小野寺は慌てて言葉を添えた。「ユウさん、真っ先に出ていっちゃったんスもん。染谷も行くって聞かないし。二人の連絡先知ってるの俺だけだったし、誰かが部屋に残らないといけなかったし」

「まあ、だろうな」

ユウのその姿は想像がついた。考えるより先に身体が動く奴だ。窓の外に目をこらすと、電灯の光に雨が細く線を引いている。雨に打たれてもなお、走り回っているユウの姿が目に浮かぶ。

小野寺が続ける。

「染谷が出ていく時に、『新島が見つからなかったら、とりあえず清瀬さんに連絡しろ』って言ってたんス。上手くやってくれると思うからって」

染谷がそんなことを言うのは、少々意外だった。唯我独尊の彼も、少しは変わろうとしてきているのだろうか。

「で、どうするっスか？」

期待を込めた後輩の瞳が心苦しい。今のところ、僕が思いつくのは次のような方法しかない。

「先生に連絡するのは？」

「馬鹿やろう、なしだよ」

明神が即答する。彼は呆れたように吐き捨てるが、実際、万が一のことがあった場合、今の状況は最悪だ。生徒だけでなんとかしようとして、捜しに行った誰かがとりかえしのつかない事故に遭う、というようなことが起きたら、監督に怒られるとか練習に支障が出るとか、そういうレベルではなくなってしまう。山のど真ん中なのだし、明かりも少ない。事故だって、全くあり得ない話ではない。

「まあ、なんだ。もう少し考えてから、先生に相談するってことにしようぜ」

勅使河原はのっそりと口を挟む。「あと三十分、捜して見つからなかったら、先生に連絡しよう。さすがに十二時までには帰ってくるような気もするし」

「みんな、どこを捜してるんだ」

「ユウさんはこの宿泊棟あたりっス。染谷はグラウンド、体育館、管理棟周辺。坂井川の一年の奴は、キャンプ場とアスレチックの方っス」

エスケープしそうな場所は、おおむね押さえてありそうだった。しかしユウはともかく、キャンプ場にアスレチックとは、随分遠い場所に向かっている。

僕の疑問を察したのか、明神が黙ってスマートフォンを投げてよこしてきた。メッセージアプリの画面が表示されている。宛先は新島だった。

『おい新島』『どこにいんだよてめえ』『こら』『電話出ろ』『出ろって』『勝手に電話切るな。アナウンスで何言ってんのか聞こえねえよ』『こら』『おいてめえ』

十時頃に連続で送ったメッセージには既読がついているものの、返信はない。『おいてめえ』の次に、ようやく新島から一言返信があった。

『お前らの絶対来られねえとこに行ってやる』

その後も明神はメッセージを送っているが、全部既読がついたまま返信が来ていなかった。

明神は歯ぎしりをして言った。

「馬鹿にしてんだろ? 既読ついてるってことは、別に事故とかじゃねえんだよ。俺らがすぐには行けないようなどこか遠くのところに隠れて、単に俺を困らせたいだけなんだよ。そういう奴なんだよ、こいつはよ」

明日も朝練早いのによ、と怒りを隠し切れない明神には同情するが、朝が早いのは僕とて同じだ。どうすればいいのだろう。思いつくままに言ってみる。

「とりあえず、場所を絞ってみようか」

「絞れるんスか? 敷地外の山を含めたら尋常じゃなく広いっスよ」

「絞れないこともない、……と思う」

「例えば？」

と、明神は懐疑的な視線を投げてくる。

「まず、新島はこの合宿場の敷地内にいる、って考えていいんじゃないかな」

「なんでだよ」

「メッセージが全部既読になってるから。もし電波届いてなかったら、そもそも送れないと思う。敷地外は電波通らないのは間違いないし。……そんなことは大体分かってる、って言うかもしれないけど」

言われそうな言葉を先回りしておく。ふんと鼻息が薄暗がりに響いた。その尊大な響きだけで、それが明神のものだと分かる。

「あとはできるだけ情報を集めて、それで推測するしかないんじゃないかな。ほら、例えば新島を見た奴がいないかとかさ」

「それはもう聞いたさ」

と明神が苛々して答える。「うちの高校の奴が『九時半頃に風呂上がりの格好で外に出ていくのを見た』って。だから男子宿泊棟の外であることは、間違いない」

「そっか。ちなみに靴は？」

「靴？」

「下駄箱には、練習用のアップシューズと、合宿場に来た時に履いてたスニーカーがあるだろ？　どっち履いて出てったのかな」

勅使河原と明神が顔を見合わせた。勅使河原がチップスを飲み下して言った。

「そこまで見てなかったなあ」

「あ、俺見てくるっス。ベッドの番号の下駄箱っスよね」

ぱたぱたと軽い足取りで、小野寺が駆けだした。ドアが閉まると、足音もすぐに聞こえなくなった。消灯のアナウンスの時も思ったが、古い建物のわりに防音がしっかりされている。沈黙の幕が重い。勅使河原がポテトチップを噛み砕く、のんきな音だけが響いている。

「清瀬、お前さ」

意外にも、沈黙を破ったのは明神だった。ぶっきらぼうに尋ねてくる。

「なんで一五〇〇をメインにしてんの？　中学まで四〇〇だったじゃん」

明神も勅使河原も、中学生の頃から陸上部に所属している。同じ地区だから、話すことはなくても当時から何となく名前と顔は知っていた。

明神の問いに、肩をすくめて応じる。

「なんでって言われても。高校じゃ、入部した時短距離の層が厚かったし、顧問に中距離勧められたのもあるし」

「なら八〇〇と四〇〇でいいじゃん。無理に一五〇〇に拘らなくても」

「八〇〇は同じ地区に明神もいるしさ、地区突破する可能性が高いのは、一五〇〇の方かなあって」

「それだけか?」

室内にはデスクライトの小さな光だけがある。その中で、明神の大きな目はらんらんと輝いていた。自分を疑わない、意志をもった人間の目だった。

「もちろん、四〇〇を辞めたのは、ユウがいるからってのもあるよ」

隠すことでもない。僕は簡単に答えてやる。「おれだってなるべく大会に出たいし。ユウがいるだけで、うちの高校の四〇〇の枠は一つ埋まっちまうから。別に変じゃないだろ」

「そうだけど……」

明神がまだ何か言いかけた時に、小野寺が帰ってきた。

「アップシューズが無かったんで、それ履いて出ていったみたいっス」

アップシューズとは、練習の際にスパイクに履き替える前に使用するシューズのことだ。軽量で、ある程度頑丈なつくりになっている。そのシューズを履いて、新島はどこかへエスケープしたことになる。

「スニーカーじゃないってことは、やっぱり結構遠くなんじゃないスかね」

と、小野寺は鼻の横のニキビを触りながら推理を披露し始めた。

「風呂上がりなら、普通、綺麗なスニーカーを履きたいと思うんスよ。あえて汚いアップシューズを履くってことは、足下が汚れるのが前提の場所に隠れてるってことじゃないスか。ほら、キャンプ場とか、アスレチックとかある方って、舗装されてないし。ちょうどあいつがいなくなったあたりから雨が降ってきたから、雨宿りで帰れなくなったとか、そんなことじゃないスかね」

ありそうだな、と明神は唸る。遠いねえ、と勅使河原は言いながら、ポテトチップをつまむ指を舐めた。

「ユウさんか染谷に連絡して、あっちのほうを重点的に見てもらうっスか？」

いや、と僕は制した。

「小野寺が言うことは確かにそうだけど、もうちょっと絞れるような気がする」

「マジっすか？」

「わかんないけど。……なあ明神」

「あん？」

どうして明神は僕にはそんなにけんか腰なんだろう。勅使河原に救いを求めて目をやるが、無表情でうつむいているだけだった。

気を取り直して僕は尋ねる。

「さっきのメッセージの内容からすると、新島に電話してるよな」

「一回しか出なかったけどな。しかも何言ってんのかわかんなかった」

「消灯のアナウンスで聞こえなかったたって感じか?」

「ああ」

「それって、新島側から聞こえたアナウンスの音だよな?」

「え、ああ」

戸惑ったように明神は言う。明神はこの部屋から電話をかけたのだろう。廊下のアナウンスの音は、部屋まではほとんど入ってこない。だとすると、新島の声を遮ったのは、新島側から聞こえたアナウンスだ。

「消灯のアナウンスがどこまで入ってるかってのは分からないけど、多分キャンプ場とかアスレチックでは、消灯のアナウンスは入らないんじゃないかな」

「そりゃそうスよね。あんな建物が無いとこ、消灯もくそもないし」

「つまり、新島がいるのは、どこか建物の中なんじゃないかな」

僕の言葉に、小野寺は指を折って応じる。

「少なくとも、十時にはそこにいたってことっスね。建物となると、宿泊棟、管理棟、体育館……そんなもんスか?」

「足下が汚れる場所って、そこら辺にはないだろ。全部舗装されてるし」

明神がむすっとしたまま口を挟む。

勅使河原は、袋を傾けてチップスをまとめて放り込んでから、にやりと肉のついた頰を持ち上げた。

「清瀬の言いたこと分かってきたなあ、おれ」

「俺も分かってきたっス。『お前らの絶対来られねえとこに行ってやる』っていう新島君のメッセージも、そういうことっスね？」

明神は勅使河原を見て、小野寺を見て、それから天井を睨んだ。やがて降りてきた視線は、まだ困惑の色が浮かんでいた。明神だけ、まだ繫がらないようだった。

「新島君は女子宿泊棟にいるって言いたいんスね？」

小野寺が嬉しそうに言った。

「あそこなら、当然電波も通るし、アナウンスも聞こえるっスね」

勅使河原がゆっくりと小野寺から言葉を引き継ぐ。

「明神に送ったメッセージの文言の意味も通じるしなあ。『お前らの絶対来られねえとこに行ってやる』っていうやつ」

「俺らみたいな普通の奴は、女子宿泊棟なんか当然行かないスもんね」

だよなあ、と勅使河原が頷く。「それに、女子宿泊棟に行くにはルビコン川を渡らないといけないから、足下も汚れる。ならスニーカーじゃなくてアップシューズで行こう、ってのも繫がる」

そして、これからだ。困り果てた三人の目が、僕に向いた。

僕たち男子生徒が女子宿泊棟に行くことはもちろんできない。ルビコン川を渡るような、後戻りできない決断をすべき時は、普通に考えて今ではないだろう。少し迷って、僕はスマートフォンを叩いた。

「もしもーし」

ワンコールで佐竹先輩の声が届いた。昼間と変わらない、快活なトーンだった。

「夜中にすみません。寝てました？」

「やー、今お風呂でたとこ。ＯＧは現役が出てからじゃないと入れなくてさあ。で、なに？」

「少しだけややこしいことになりまして」

「ややこしいこと？」

嬉しそうに声が裏返る。僕は簡単に今までの経緯を伝えた。

「――で、女子宿泊棟に新島がいるんじゃないかなあ、と。本当に申し訳ないんですが、ちょっと捜してもらえませんか？」

しばらく、返事がこなかった。ベッドの上にいるのだろうか、衣擦れの音が届く。佐竹先輩は今、どんな顔をしているのだろうかと不安になる。普段、自分がどれだけ人の顔色を窺って言葉を選んでいるのかということを、ふいに実感する。

「佐竹先輩?」

たまらずに、声をかけた。

ん、と佐竹先輩は考え事をしている風な、ぼんやりとした口調だった。

「ねえ清瀬」

はい、と短く応じる。

「さっきの新島君が女子宿泊棟にいるって話、清瀬が推測したの?」

「えーっと、まあ、はい」

「そっかぁ」

そこでまた沈黙があった。しかし、今回は先ほどのように長くは続かなかった。

「女子宿泊棟にいるって可能性は、もちろんあると思う。捜すのも全然、問題ないよ」

静かな口調だった。

僕と佐竹先輩の間には見えない電波のやりとりがあった。電波は佐竹先輩のハスキーな声を乗せて、ほんの十メートル離れた建物から、遠くの基地局へと迂回して僕の耳元に届く。そして、そこにはノイズが少し混ざっていた。

「けど、もう一つ思いついた場所があるから、女子宿泊棟は、そこを捜してみてからでもいいかな」

「思いついた場所、ですか?」

繰り返す僕の言葉に、佐竹先輩はなぜか訝しげな声色で答えた。こういう時、驚くほどあっさり正解を答えるのが、いつもの佐竹先輩のやり方だ。しかし、今日は違う。何に対して訝しんでいるのだろう。

僕にはさっぱり分からなかった。

「どこって清瀬。そりゃ、体育館でしょ」

*

果たして、新島は体育館にいた。

体育館のウェイトルームにいたのだ。体育館に向かっていた染谷から、僕のメッセージアプリに連絡が入った。『新島、確保しました』

そのメッセージを見て、明神は大げさに舌打ちをした。そこには多分に安堵の色も含まれていた。

勅使河原は「だから大丈夫だって言ったじゃん」とどこからか取り出した菓子パンをおいしそうに頬張り始めた。「後顧の憂いなく食うもんは旨いなあ」

小野寺は染谷の文面を見て、「染谷って、こうやって格好つけるとこないスか？　見つけました、でいいのに」とまた違った観点で文句を言った。

「それにしても、なんで佐竹さんは新島君が体育館にいるって分かったんスかね」

ひとしきり染谷への愚痴を吐き出すと、小野寺が不思議そうに首をかしげる。「新島君からなんか聞いてたとか？」

「そんなことはないみたいだよ」

と、僕は窓の外を眺めている。

小止《おや》みなく銀色の雨が降り注いでいた。青楓の葉から垂れる滴が糸のようだった。エアコンの風が肌寒い。

「『新島が九時半頃に風呂上がりの格好で外に出ていくのを見た』っていう話があったろ。あれで分かったみたいだな」

僕の説明に、小野寺は首を傾げたままだった。「どういうことっスか？」

「目撃した奴が『風呂上がりの格好』って思う格好って、どんな格好か考えてみたんだって」

「風呂上がりですか？　こう、タオル首に巻いてる感じですかね」

小野寺はちょうど近くにあったタオルを首にかけてみせる。

「普通ならな。それに加えて、今日だけはもう一つアイテムがあるだろ」

「今日だけ、っスか？」

「企業の人が提供したドリンクだよ。脱衣所に置いてあったから、全員風呂上がりにはそれを持ってたんだ。新島が男子棟から外に出るのを目撃されたのは九時半って言ってたろ。でも、中距離ブロックの風呂の時間は八時半までだったから新島は風呂を済ませてたはずで、タオルもドリンクも持ち歩く必要はない。それなのに、新島は脱衣所から出たばかりみたいな格好だった」

新島は外に出た時、首にタオルをかけ、手にはドリンクのボトルを持っていた。そして履いた靴は練習に使うアップシューズ。

「『練習しに外に出た、って考えるのが自然じゃない？』……って、佐竹先輩は言ってたよ。『練習の途中で雨が降ってきたら、体育館かどこか、屋内で練習できるところにいくでしょ』って」

「……そう言われりゃ、そうスね。普通に考えれば、ルビコン川を渡るなんてあり得ないですよね。行く理由もありませんし」

小野寺は独り言のように、呟いた。

新島が明神に宛てたメッセージ。『お前らの絶対来られねえとこに行ってやる』。それは、場所を指した言葉ではなかった。

絶対に追いついてこられないほど選手としての高みへ行く、その宣言だったのだ。

小野寺はわざとらしく大きく伸びをした。首にかけたタオルが床に落ちる。拾いあげながら、バツが悪そうに顔をしかめた。

「や、別に俺も、新島君のことを馬鹿にしてたわけじゃないんスよ？　あいつが真面目に自主練習なんかに行くわけねえ、って軽んじてたわけじゃないんス。ただ、何というか、明神さんの話聞いてると、新島君って変な奴なんだなあって思って、それで……」

僕だけでなく、小野寺も明神も勅使河原も、新島が自主練習に行っているなどという選択肢は考えもしなかった。おかしな奴がまたおかしなことをしている、という風にしか捉えなかった。新島が実は自主練をするほど本気で取り組んでいるとは、気が付かなかった。

明神の話を聞いた先入観が邪魔をしたのだろうか。または、練習での態度を見て、新島を無意識に軽視していたのだろうか。それとも？

頭の芯が重かった。眠気のようでもあったし、それ以外の理由かもしれなかった。

ポケットが振動する。新島を連れた染谷からの連絡だった。『こいつ、部屋には戻らないとか言ってます』。唾を飲み下す。苦い。スタンプで返事をする。画面が暗転する。

あとは坂井川高校の中の話だろう。僕ができることは何も無い。もともと、何も無かったのだ。

早く部屋に戻って休みたかった。新島はともかく、外で捜している生徒が戻ってきたら僕も部屋に戻ろう。

ふと、思い出して再度スマートフォンを取り出した。ユウへのメッセージ画面を開く。

先ほど新島が見つかったことを知らせた僕のメッセージが、送信していないまま保留になっていた。もう五分は経っている。

小野寺に尋ねる。

「小野寺。ユウから、連絡来てる？」

「や、来てないっスよ。あれ？ 連絡あったらすぐ返すって言ってたのに」

腹の奥がじんわりと熱くなる。嫌な予感がした。

ユウに電話をかける。通じない。メッセージアプリからの通話もつながらない。再度電話をかける。「電波の届かない場所にいるか、電源を切っているためつながりません……」

電源を切っているわけがない。

電波のつながらない場所？ まさか、あいつ敷地外に出たのか？

「ユウと連絡がつかない」

自分でも驚くほど、早口で言葉が転がり出た。頭が沸いたように熱いのに、手足が寒い。

「え、なんスか？」

「既読もつかないし。電話も出ない。電波がつながらないとこにいるみたいだ」

「電波が無いとこ？ それって……」

「もしかしたら、敷地外に行ったのかも。出てからもう一時間は経つし、何かあったのかもしれない」

「や、まさか……」

「とりあえず、先生に連絡する。おれも外に出て捜すから、ちょっと小野寺手伝ってくれ」

「ちょ、ちょっと待ってくださいって」

走り出そうとすると、小野寺に強く腕を掴まれた。

「なに、慌ててんスか。落ち着いてくださいってば」

何を悠長なことを言っているのだ、こいつは。ユウに何かあったのかもしれない。もし戻ってこられないほどの怪我をしていたとしたら、早く行ってやらないと。

「そんなことより、捜す場所があるじゃないスか」

捜す場所？　けど、電波が届かないってことは、敷地の外でしかあり得ない――。

混乱する僕の頭をほぐすように、勅使河原が大きく笑った。落ち着け、とでも言うように、無言でスティックパンを差し出してくる。

「らしくねえなあ。なに焦ってんだよお、清瀬。ユウは宿泊棟付近を捜すだけって言ってたろ」

「けど……」

「あるだろ？　宿泊棟付近で、かつ電波の通じない場所が」

勅使河原は戸惑った表情を浮かべているであろう僕を見て、心底愉快だという風に笑った。

「ルビコン川を渡ったんだよ」

＊

『やっほー清瀬。もう寝た？　ユウ君も無事帰ってきたみたいでよかったねー』

〈万歳のスタンプ〉

『やー、別に何も用事があるわけじゃないんだけどね。なかなか寝付けなくてさー。寝付けないついでの、勝手なお話タイム』

『ね、なんで、清瀬は新島君がいるのが体育館だってこと、思いつけなかったの？』

『素直に考えれば、分かることでしょー。少なくとも、選択肢に入れるべき推測だったはずだよ。いつもの清瀬なら、絶対思いついてる。女子宿泊棟にいるなんていう考えの方が、よっぽど複雑だよ。なーんか、名探偵みたいに考えちゃったりしてさー。らしくないね』

『それに清瀬ってば、新島の場所の推測は妙に冷静なくせに、ユウ君の場所は焦って全然分からなかったみたいじゃない。小野寺君から聞いたよ。焦った清瀬さんを見られて面白かったってさ』

『新島君の居場所を捜すことと、ユウ君の居場所を捜すこと、清瀬にとって何か大きな差があったのかな』

『キミにとってユウ君は、それほどまでに大きな存在ってことなのかな』

『もうこんな時間だ！　また明日頑張って』

『ってもう今日か！　おやすみなさい－』

〈おやすみなさいのスタンプ〉

＊

朝の空気は澄んだ緑色だった。

朝練習はジョギングだった。中距離ブロックで一丸となり、ロードを駆ける。数十人が一斉に地面を踏む音が、濃い緑の中に吸い込まれていく。山々の深緑の匂いが、驚くほど深く辺りに広がっていた。

太陽が昇り始めたところで、ジョギングは終わった。立ち止まって振り返ると、やはり新島の姿は無かった。途中から誰かが遅れだしているのは感じていた。明神の赤いシヤツも、見当たらなかった。

昨日と同じ空地で、各々がストレッチに励む。僕は辺りが見下ろせる場所を見つけて、大きく伸びをした。睡眠時間が少なかったせいか、まだ身体が起きていないような感覚だった。

「おう、清瀬。お疲れさん。今日も綺麗な走りだったなあ」

自転車に跨がった諏訪野教諭は、欠伸《あくび》を嚙み殺した。前かごには、相も変わらずコーヒーを積んでいる。

「お疲れ様です。先生、眠そうですね」

「当たり前だろー。何時だと思ってんだ、今。なんだよ、夏休みのくせに、平日より全然起きるの早いじゃねえかよ」

ボトルを気怠そうに傾け、さりげなく付け加える。

「お前も、どうも寝不足くさいな」

その言い方で、諏訪野教諭が昨日の出来事の情報を得ていることが分かった。どこから広まったのか、既に男子生徒の間では、ざっくりとした事情は広まり始めていた。新島がどこかへ消えたこと、それを捜してユウが禁断の女子宿泊棟、しかも風呂場付近へ行っていたこと。

ユウが部屋に戻ってきたのは、勅使河原が場所を予言してすぐだった。

ユウは宿泊棟付近を捜していたが、新島は見つからない。しらみつぶしに捜して、残るは女子宿泊棟のみになった。意を決して、ルビコン川を越え、明かりの見える裏口の方へ向かった。目の前にある扉を開けると、そこは女子風呂の脱衣所だったのだ。

慌てて出ようとしたときに、運の悪いことに、佐竹先輩を含むＯＧが入ってきた。

「それで思わず脱衣所の隣のランドリールームへ入り込んだんだよ。出ようにも交代で生徒は入ってくるし、電波も通ってなくてさ。全員が出終わるまで待つしかなくてほんとに大変だった」のだそうだ。

「ユウはすげえなあ」

今朝、下駄箱で偶然出会った勅使河原が、ぽつりとつぶやいた。

「今朝さ、明神がふいに、ユウのことを『すげえ』って言ったんだよ。あの明神がだぜ？　男子高校生の言う『すげえ』っていう言葉ほど当てにできるものはないってのに、それを明神が言うんだもんなあ」

そうだな、と僕は言った。

「……それに、お前もすごいなあ、清瀬」

「おれ？」

勅使河原の口調は、錆びたスパイクのピンのように鈍く尖っていた。

「ユウほどではないにしてもさあ、すごい奴って時々いるだろ。自分はいたって平凡な一市民なんだな、って思い知らせてくる奴。……普通さ、凡人が『自分が凡人だ』って知った後、どうすると思う？」

「さあ」

「自分が凡人であることの権利を、主張し始めるんだよ」

一呼吸置くその細い目の先には、一体誰の姿が映っているのだろう。

「『自分は凡人なんだから』って枕詞を付けて、すごい奴にいろいろ押し付けちまう。責任なり、プレッシャーなり、もっと言うと夢なんてものまでさ。そのうち、自分みたいな凡人が溢れていることに気が付く。『凡人の自分は多数者なんだから、自分の考えは正しい』と思い込むようになる。才能ある奴に押し付けることに、何も思わなくなる。普通は、そうなんだ」

そこで、視線をちらりと僕に寄越した。

「けど清瀬はどうも、そうじゃないような気がする」

どう応えるべきか、眠気のせいで上手く思考が回らなかった。唇を結んでいるのをどう捉えたのか、勅使河原はいつもの表情に戻り、大きく笑った。

「明神が清瀬に強く当たるのはさあ、お前が四〇〇走るの辞めちゃったからなんだよ。中三の時、明神は四〇〇で清瀬に負けてるから。高校では一五〇〇ばっかりで、八〇〇も全然力を入れてない。勝負したいんだよ、清瀬と」

「いや、持ちタイムではおれがボロ負けだろ」

「んー、そういうことじゃなくてさ。本気の清瀬と勝負したいんだと思うけどなあ、明神は」

「それは――」

それはお前の役割だ、と言おうとする僕の言葉を勅使河原は首を振って遮った。

そうして、いつもの愛想の良い笑顔を浮かべたのだった。

「凡人のおれはもう、あいつの隣に立ってあいつと勝負するのはムリなんだよ――」

諏訪野教諭の声がして、意識が山中へ戻る。

「昨夜のことは詳しくは知らねえし、大事《おおごと》にするつもりはねえけど。もう絶対、女子宿泊棟に近づくような真似をさせるなよ。あいつだから信用されるかもしれねえけど、普通ならアウトだ」

おもむろに、煙草を取り出して火をつける。赤と白の箱を胸ポケットにしまってから、しまったというように慌てて辺りを見回した。

「清瀬、たばこ平気？」

「別にいいですけど。普通ならアウトですよ、それ」

分かってるよ、と言いながらも消す気配は無い。「火をつけたからには、最後まで吸うのがおれのルールだ」などと嘯《うそぶ》いているが、単に我慢できないだけだろうと思う。

まあ、諏訪野教諭には諏訪野教諭のルールがある。

ユウにはユウの、ルールがある。

諏訪野教諭はもう二度と女子宿泊棟に近づけないように、と釘を刺したが、もし再度同じようなことが起きれば、きっとユウは昨夜のように行動するだろう。ルビコン川が目の前にあっても、もしその先に目指すものがあるなら、あいつなら渡る。

そういう奴だ。

「ルビコン川を渡ったカエサルって、どんな人だったんでしょうね」

眼下に広がる木々に、小石を落とし込むような感覚だった。響く音を期待していたわけではない。ただ何となく、その隙間に何かを放り込みたかっただけ。

さあなあ、と生物担当の諏訪野教諭は興味なさげに、煙草をふかしている。

「詳しくは知らねえよ。まあ、すごい人なんじゃねえの。名言たくさん残してるし」

ぽんぽんと、指先で胸ポケットを叩いてみせる。

「あと有名なのは、愛人が何人もいたとか、借金の額が天文学的な額だったとか。女たらし、借金王……あとは『裸体で純粋』っていう著作に対する評価も聞いたことあるけど。まあ、カリスマだったんだろうなあ」

裸体で純粋。

妙に心に残るフレーズだった。

ユウはきっと、昨日、そんな心の持ちようだったはずだ。ただただ新島が心配で、それ以外には何も無かった。ルビコン川を渡ることに、何の抵抗も持たないほど。

ユウはそうやって新島を見つけて、一体どんな言葉をかけようとしていたのだろう？　励まし？　叱咤？　……少しだけ考えてみて、すぐに諦めた。そんなことを、僕が考えて分かるはずもない。他人の気持ちは分かりようがないとか、そんなありふれたことではない。

ルビコン川を渡る者の気持ちなど、僕には分からない。

少なくとも、僕には。

乾いた唇を舐める。頭の芯が重い。

眠気に近いそれは、昨日の夜も生じた感覚だった。新島が体育館で自主練習をしていたと分かった時の、緩慢な頭痛。

明神の話を聞いた先入観が邪魔をしたのかもしれない、と昨夜は考えた。または練習態度から新島を無意識に軽視していたのかもしれない、と。

多分そうじゃないな、と今は分かる。

単純に、新島に自分を重ねられなかっただけ。

明神のような圧倒的な才能に立ち向かう存在がいるなど、僕には欠片《かけら》も想像できなかったのだ。絶対的な存在に立ち向かうために、凡人が夜に自主練習をするなどという選択肢が、僕にはなかった。

立ち向かうという選択肢を思いつくことさえできないほど、僕は凡人なのだった。

「――ま、カエサルにいくらカリスマ性があるって言っても、どうせ暗殺されちまうんだけどな」

旨そうに吐き出すその紫煙は、ふんわりと風に流されていく。僕は声のトーンを無理やりひねり上げる。

「ですね。ブルータスでしたっけ」

「そうそう。ブルータスはカエサルの愛人の息子だから、カリスマも身近な奴に裏切られて殺されるってことだな」

「愛人の息子って、身近なんですかね？」

「さあなあ」

遠くから、坂井川高校の監督の大声が届いた。「諦めるな！　そうだ！　自分に勝つんだよ。明神にも勝つんだよ！」どうやら、新島が戻ってきたらしい。きっと諦めずに、必死に走ってきたのだろう。彼はいたって凡人だ。しかし、僕よりずっと、力強い凡人なのだった。

僕はどうだろう。どんな走り方で、走ってきただろう。昨日、坂井川高校の監督に何と講評されたのか、もう思い出せない。自分のことはいつだって曖昧だ。

僕にとって確かなこととは何だろう、と考えを巡らせると、ふいに昨日の佐竹先輩のメッセージがよみがえってきた。『キミにとってユウ君は、それほどまでに大きな存在ってことなのかな』……。昨夜部屋に戻ってきた時の、ユウの屈託のない笑顔。混じりけのないその言葉。ユウを目にして、心底安堵した自分。

思わず、笑みが漏れていた。諏訪野教諭に悟られないように空を仰ぐと、透き通るような夏空が広がっていた。

僕は確かに凡人だ。新島のように何かに立ち向かえる気概さえない、しがない凡人。ただ、少なくとも天才の隣にいる凡人でいたい、と思う。

勅使河原の言ったような、凡人であることの権利を主張するばかりの凡人ではいたくない。ユウの隣で、あいつを支える凡人でいたい。僕がそれに、耐えられる限りは。

諏訪野教諭は坂井川高校の顧問の大声に顔をしかめ、短くなった煙草を携帯灰皿でもみ消した。

「ま、愛人の息子が身近かどうかなんて、当時の倫理観は分かんねえよ。……そういえば、カエサルがルビコン川を越える時に、実はもっと身近な奴が裏切ってるんだぜ？　カエサルが、これから人生を賭けた大勝負に出るって時に、既に敵に寝返ってたらしい」

「へえ。裏切ってたのは、誰なんです？」

諏訪野教諭が灰皿を閉じた。

その音は、フライングを告げる見えない弾丸のように、ひどく虚しく、胸を打った。

「副将ラビエヌス。カエサルの親友だよ」

その訳を知りたい

あたしがまず思い出したのはそのにおいだった。そういえば中学校ってこんな香りがしたなあ、って。

夏休みの日差しを浴びた床板のにおい、カーテンに染みこんだ給食の甘辛い香り、半袖の一年生が通り過ぎる時の汗のにおい。その後に、情景が蘇ってきた。廊下のここに大きな染みがあるとか、時計が二分ずれたままになってるとか。

三年経っても、全然変わってないなあ。なぜか安心している自分に気がつく。旅行から帰ってきて自分のベッドに飛び込んだ時の感覚だった。懐かしさって、安心と近い感情なのかもしれない。

蟬の鳴き声が響く玄関で物思いに耽っていると、ようやく事務室から職員が顔を出した。三年前と同じ、早口で丸顔のおばさんだ。

「はいはい。じゃあこの入校名簿に名前を書いてくれる？」

「ええっと……はい、書きました」

「佐竹優希《さたけゆうき》さんね。ああ、卒業生講演の」

「あ、そうです」

「はいはい。倉橋《くらはし》先生は英語科準備室みたいよ」

「ありがとうございます」

スリッパが床を叩く音が、細長い廊下に反響する。うーん、やっぱり、上履きを持ってきたらよかったかな。スリッパの音は、まるであたしを外部の人間だと声高に主張しているみたいで、ちょっと心地が悪い。

二階の英語科準備室のドアプレートには、手書きで教室名が書かれている。それは流れ星やハートで、可愛らしくデコレーションされていた。

おお、これまた懐かしい。

プレートに書かれたハートの一つはひしゃげていて、それはあたしが三年前に書いたものだった。プレートを新しく作るというので、みんなでよってたかって製作したけど、センスのないあたしは、変な形のハートを一つ飛ばすので精一杯だった。センスがないのに書いたのは、母校に何かを残したいという子ども心だったのだと思う。

三年って、案外何も変わらないくらいの年月なんだなあ。プレートを見上げると、胸が温かくなる。倉橋先生も変わっていないといい。三年前みたいに、茶色いマグカップで迎えてほしい。アメリカに留学していた時買ったという、日本人の手には大きすぎるマグカップだ。

引き戸を開けると、倉橋怜《れい》先生はパソコンに向かっていた。細い指には、大きな茶色のカップを引っかけている。

「お、佐竹。随分早いね」

「どうもです」

倉橋先生が眼鏡をかけている姿は初めて見たし、白いサマーニットの背中に伸びた黒髪も、記憶ではもう少し短かったように思う。けれど、鷹のような鋭い視線はもちろん、整った顔のパーツは若々しいままだった。

「悪いね、忙しいのに呼びつけちゃってさ。ま、適当に座ってよ」

嗄れた格好いい声に促されて、黒い革張りのソファに腰掛ける。英語科準備室は普通の教室の半分くらいの大きさだけれど、整然としているから三人掛けのソファがあっても広々と感じる。機械類もリンゴマークの会社で統一されていて、他の教室とは違う清潔感があった。

悪いね、と倉橋先生はもう一度言った。赤い唇をほとんど開かずに話すその仕草も、昔のままだった。

「受験生で、佐竹も忙しいだろうにさ。いわゆる、受験の天王山ってやつでしょ？」

あたしは首を振って応じた。

「や、あたしは全然ですよ。息抜きになっていいくらいです」

「母校の中坊相手に高校受験について話すのが、息抜きになるか？」

夏休みの登校日にこの中学校の卒業生から高校受験についての話を聞く、ということ行事は、あたしの頃からあった。今回、三年経って、そのお鉢があたしに回ってきたのだ。

あたしはにへらっと答える。

「図書館で問題集を解いているよりは、全然ましです。それに、先生にも会いたかったし」

「またまた。そんなこと言ったって、何も出ないよ」

「あれ、飲み物くらいはもちろん……？」

「ったく、しょうがない奴だな。相変わらず上手く生きてるね。特別にインスタントじゃないコーヒーを淹れてやろう。ground coffeeね」

投げやりな口調だけど、会話に時折英語が交ざるのは、機嫌が良い時の証拠だった。倉橋先生とは会話の重量感が噛み合うような気がして、昔から勝手に妙なシンパシーを感じていた。倉橋先生も、あたしが自分に似ていると言ってよく可愛がってくれていた。

コーヒーメーカーを操る倉橋先生の細い薬指に、まだ指輪はなかった。美人な上に実家が代々医者の名家のため見合う相手がいない、というのはこの中学校にいる人間なら誰でも知っている噂の一つだった。本当は海外で暮らすはずだったのが親に連れ戻された、なんていう噂もあったっけ。いずれにせよ、そういった噂が彼女をよりミステリアスに仕立て、特に男子生徒からは熱烈な支持を得ていた。

開け放たれた窓からは、蒸し暑い空気が流れ込んでくる。

八月ももうすぐ終わり。あたしも大学受験を控えているわけだから、倉橋先生の言う通り、一番頑張らないといけない時期だ。

それは重々承知の上で、けど、こうして講演会に来たのだって、全然理由がないわけでもない。

「佐竹、進路はどんな感じなの？」

倉橋先生はちょうど考えていることについて、声をかけてくれる。昔から、生徒に声をかけるタイミングを見計らうのは抜群に上手かった。

「大学はどこら辺を目指してんの？　旧帝大あたり？」

「まー、行けたらいいですねえ」

呆れたようにため息をつかれてしまった。

「相変わらずだね。必死になって勉強してる風にも見えないのにね」

「ひどい言い草ですね。あたしだってそれなりに頑張ってますよ」

「『それなり』でしょうが。あんた、つい最近まで部活もしてたんでしょ？　文武両道って簡単に言うけどさ、普通そういう生徒はもっとがむしゃらな雰囲気を醸し出すもんよ。あんたはこう、うん、やっぱり上手く生きてるって感じだわ」

「……」

上手く生きている、と言われることはよくある。

同じ高校に通う後輩の清瀬《きよせ》諒一《りよういち》にも、似たようなことをよく言われる。上手く生きているなんて、自分で思ったことはない。確かにあたしの人生には、今のところ良くも悪くも劇的な出来事は起こっていない。大きな躓きもないけれど、現状維持だってそれなりにエネルギーを消費するものだ。

「……まあ、運がいいんだと思います、何かと」

と、あたしはもごもごと言う。

「そんな風に煙に巻くところも、上手く生きてるって言ってんの。大学受験なんて、もう忘却の彼方って感じだけど、あんたほどの余裕はなかった気がするわ」

倉橋先生が自嘲気味に笑うと、塞がっていないピアスの穴が見え隠れした。その湿っぽい表情が意外で、返す言葉を見つけ損ねた。誤魔化すように机上の単語帳をぱらぱらと繰ると、年季の入った紙の香りが舞った。

「懐かしいですね」

と、今日何度も思う感情がこぼれ出た。

「なに言ってんだか。あんた、部活を引退してから毎日のようにこの部屋に入り浸ってたでしょ。仕事の邪魔ばかりしてたのを、今でもはっきり思い出せるわ」

「先生も楽しそうだったじゃないですか」

「馬鹿。合わせてやってたんでしょうが」

そんな毎日通ってたかな？　二日に一回くらいだったような。あれ、それってほぼ毎日？

三年生の女子が、放課後にこの英語科準備室に集まる。それがこの中学校のちょっとした伝統だった。伝統っていうと重々しいけど、要は暇な女子中学生が時間を潰せる場所が、ここしかなかったってだけの話。倉橋先生も教師と生徒の上下関係なんて、気にするタイプでもなかったし。つまらないことではしゃぐあたしたちに、倉橋先生が的確な指摘を挟む。

何があるわけでもない。けど、楽しく穏やかな日々だったように思う。

その頃のことを思い出して、パソコンに向かう倉橋先生の横顔に、早速茶々を入れる。

「なにしてるんですか、先生」「んー、二学期の小テストの準備」「まだ授業開始直後の五分間リスニングやってるんですか？」「成績付けるの楽だしね」「あのおもちゃみたいなオーディオ機器とイヤホンで？」「機械の文句は教育委員会にどうぞ。ついでに給料上げるように言っておいてね」

そうそう、三年前もこんな感じだった。

緩んだ頬でソファに背を預けると、自然と視線が天井に向いた。目の端に映る棚の配置も、三年前と変わっていない。

「……」

微笑みの残滓を吐き出すと、胸の奥が静かになった。

倉橋先生、と呼んでいた。

「あたしって、中学の時何してましたっけ。ここで」

「さあ？　覚えてないけど。なんか、つまんないことではしゃいでたけどね」

随分つっけんどんだった。まあ、倉橋先生からしたら、あたしたちが放課後何を話していようが、どうでもよかったんだろう。いちいち覚えているわけがない。

問題は、あたしだ。

嗅覚や視覚の情報は思い出せるのに、当時自分が何を思っていたのか、全然思い出せない。あるのは、なんだか楽しかったような気がするという、思い出と記憶の隙間のような感覚だけだった。炭酸の抜けたコーラみたいに、本物らしくない甘ったるい代物。思い出に、全然手ごたえがない。

「……」

自分はこれまでどうやって生きてきたんだろう、と最近よく考える。

そんなことを思うようになったのは、進路を真剣に考えないといけない時期にきたからだと、自分でも分かっている。

――佐竹の将来の夢はなんだ？

夏休み前、高校の進路指導室で教師にそう問われて、あたしは答えに窮した。手元にはA4のアンケート用紙があった。『過去に印象に残った出来事は？』『憧れる人物は？』『自分の性格を以下の四つから選ぶとどれか？』……。そんな問いに回答すると、自分に合った志望大学や学部を絞ってくれる。

全ての問いを、あたしは空白にした。

進路指導の教師は、少し驚いたみたいだった。

「佐竹、お前がこういうので思い悩むタイプだとは知らなかったな。上手くこなすタイプだと思ってた」

「あの、それ、本人に言います？」

「ははは、すまんすまん。ま、こう言っちゃなんだけど、こういうのを空白で提出する奴って、別に珍しくないんだよ。十八歳に将来を決めろ、っていうのはなかなか難しい」

「はあ」

「何にしても、今の成績を維持してたら、有名な大学には入れる。選択肢を広げる意味でも、それなりの大学に行っとけ」

それなりの大学ってなんだろう、と思いながらあたしは頷いた。

「そんなもんですか」

けどそうじゃない、とも同時に思ったのだ。

どれだけ時間があってもやりたいことがなければ意味が無いのと同じように、選択肢がいくらあったところで、本当に選びたいものがなければ意味が無い。

あたしは一体、これから何がしたいんだろう?

分からなくて、先を見通すための糸口が欲しくて、過去をふと振り返ってみたくなることが増えた。かつての自分を思い出すことで、何かきっかけがつかめるかもしれない、と。

こうして今回の講演を引き受けたのも、母校に入れるという理由からだった。中学生の頃の自分を思い返す、その環境が欲しかったのだ。

けど、実際にその環境に身を置いた今、湧き上がってくるのは、ありきたりな懐かしさだけだった。期待外れだけど、誰を非難することもできない。

「倉橋先生って、高校の頃の将来の夢、なんでした?」

あたしの唐突な問いに、倉橋先生は億劫そうにこめかみに指を当てた。

「さあ? そこまで真剣に考えてなかった。わりと何でもできる方だったから、何にでもなれるかなって」

「そうですか……」

「そんなことより、あんたが事務室行った時、入校名簿に名前書いたでしょ。ユウの名前あった?」

ユウ君はあたしの一つ下の後輩で、高校でも同じ陸上部に所属していた。

「や、なかったです。今日、あたしの他に来るのって、ユウ君だけなんですか?」

「あんたとこの高校からはそう。あとは園浦学園《そのうら》の筧《かけい》の三人。……そろそろ来てくれないと。打ち合わせだけしておきたいんだけどな」

ふと、前々から気になっていたことがあったのを思い出した。

「あのー、倉橋先生。聞きたいことが」

「No way……つまんないことだったら無視するから」

「つまんなかったら謝りますよ。あの、なんであたしに声かけたんですか? この講演って、普通、高校一年生がするもんじゃ?」

倉橋先生は椅子を半回転させて、長いまつげであたしを見つめる。細い吐息には艶がある。

「なんでって、あんたの高校の一年は、ちょうど補習が被ってるって断られてさ。だから、今度は二年のユウと清瀬に声かけたんだよ。ユウはオッケーだったけど、清瀬は文化祭の準備とかで断られたんだよね。だから佐竹ってわけ。あんた、私と同じでなんでも器用にこなせるじゃん」

清瀬は確かに文化祭実行委員だけど、文化祭は十月で、今はまだそこまで忙しくないはずだ。断ったのは、単にこういう場が苦手だからだろう。清瀬が後輩を前にして、嬉々として自分の勉強論を語る姿なんて、ちょっと想像できない。倉橋先生から頼まれた際の苦々しい表情が目に浮かぶ。「いや、行きたいんですけど、文化祭の準備があって、ちょっと……」なんて口ごもったはずだ。間違いない。

「ちなつちゃんは？　声かけなかったんですか？」

秦《はた》ちなつちゃんもこの学校の卒業生だった。清瀬やユウ君と同じ高校二年生で、同じく陸上部に所属している。もっとも、この夏の大会はちなつちゃんは怪我で出られなかったらしい。けど、代わりの選手を全力でサポートしている様子はよく目にした。自分に厳しく自己犠牲を厭わない、元気な女の子だ。

ちなつちゃんの名前を出すと、倉橋先生はぎゅっと唇をとがらせた。顔をしかめたいけど、それをするのを我慢したという風な、屈折した表情筋の動きだった。倉橋先生がそんな表情を見せるなんて、とても珍しい。

コーヒーメーカーのうなり声が大きくなり始めた。芳ばしい香りが漂う。

倉橋先生はカップの中に視線を落とした。

「ちなつはあんまり、中学校に良い思い出、ないだろうから」

どう反応していいものか分からなかった。多分、何かいざこざがあったのだろう。多感な時期だ。誰だって、いろいろある。あたしが何か口を挟んだところで、何にもならないのは明らかだった。

けど、あたしは聞いてしまった。

「ちなつちゃん、なにかあったんですか?」

ノートパソコンから流れる洋楽が変わった。聞いたことのある曲だった。カントリー・ロード。男性の発する英語は優しかった。

コーヒーメーカーから湯気が出て、ドリップする音が郷愁を誘う歌声に重なる。マグカップのコーヒーを飲んでから、倉橋先生は口を開いた。

*

それは、ちなつちゃんが三年生の時の合唱コンクール前の出来事だったらしい。

この中学校では、毎年十月にクラス対抗の合唱コンクールが行われる。ちなつちゃんのクラスで問題になったのは、その合唱コンクールのピアノ伴奏者だった。

当時、そのクラスには女子の間で文化部派閥と運動部派閥があり、何かにつけて対立していたらしい。伴奏者を決める際、まず立候補したのは吹奏楽部部長で、文化部派閥のリーダーだった。例によって対抗したい運動部派閥だったが、自分の派閥内にピアノを弾ける人がおらず、そこで担ぎ上げられたのが陸上部でありながら無派閥だった、ちなつちゃんだった。

「そんなことで争ってどうなるってわけでもないじゃん、って思うけど。まあ、中学生なんてそんなものでしょ？」

倉橋先生は言葉を切って、淹れたてのコーヒーで唇を湿らせた。あたしの目の前にも湯気が立ち上るコーヒーが置いてあるけど、まだ口をつけていない。倉橋先生は話を進める。

「伴奏者をどう決めるのかって話になった時、普通に多数決で決めてたらまだよかったんだろうけどね。当時の担任は、話し合いで決めようって言い出したのよ」

「話し合い、ですか？」

クラスの政治的な対立が、話し合いで決まるビジョンが全く見えない。倉橋先生は大げさに肩をすくめてみせた。

「泥沼も泥沼。クラスで意見を募ると、罵詈雑言《ばりぞうごん》が飛び交ってね。文化部派閥は当然吹奏楽部部長を推すし、運動部派閥はそんなことよりちなつが弾きたがってるって引かないし」

「ちなつちゃんは、本当に弾きたかったんですか？」

「どうなのかな。けど、運動部の派閥には同じ陸上部の子もいたし、立候補したからには引くに引けなくなったみたいでさ」

ちなつちゃんが唇を結んで針のむしろに座る姿は、簡単に思い浮かべることができた。可愛い後輩がそんな立場を経験していたなんて、少しも知らなかった。

「とにかく、ホームルームは荒れに荒れた。挙げ句の果てには、担任が『もう委員長が決めろ』って匙を投げたわけ。二週間後のホームルームをリミットにしてね。投げられた清瀬も可哀そうだったわ」

「え、清瀬もこの件に絡んでたんですか？」

思わず声が大きくなる。倉橋先生は頷きつつ、眉をひそめた。

「まあ、清瀬は結構関わってるよ。あいつ、委員長だったし。あれ、あんた清瀬と仲いいんだっけ？」

「え。いや、まあ、同じ部活で後輩ですし」

「はーん」

意味深な視線を向けられ、慌てて否定する。「別に付き合ってるとか、そんなんじゃないですからね。単純に、なんていうか、あいつ不器用なところがあるから、それで……」

「不器用？　清瀬が？　そういうタイプには見えなかったけどね」

「無害そうな顔して、案外いろいろ考えたりしてるんですよ、あいつ」

「ああ、たしかにそういうところもあるかもね。……このちなつの件でも、清瀬は裏でいろいろ悩んでたよ。この伴奏者の話、運動部と文化部、どちらに転んでも損する人が一人だけいるじゃん」

「なるほど。ちなつちゃんですね」

もし運動部派閥が押し切ってちなつちゃんに決まったら、文化部派閥から恨まれる。逆の場合は、運動部派閥からのプレッシャーをさらに負ってしまう。どう転んでも、ちなつちゃんにだけはメリットがない。

「頭の回転速いの、さすがね。清瀬もそれに気づいてたみたい。何度かこの部屋にも、クラスの女子の趨勢を聞きに来るくらいには困ってた。文化部派閥も運動部派閥も、この部屋には結構遊びにきてたから、私も情報はそれなりに持ってたし」

「それで、清瀬はどうしたんです？」

天井を見上げる倉橋先生は、なぜか楽しそうだった。

「清瀬はもう一人、男子の立候補を立てたんだよ。そいつが伴奏者になれば、少なくともちなつが集中砲火を浴びることはなくなる、ってね。正解かどうかはともかく、まあ、無難な落としどころだね。確実にその男子が支持されるように、クラスの男子に、こそこそ根回ししてたみたいだよ」

「でもそれって、男子の立候補者に決まったら、今度は清瀬が女子を敵に回すことになりません？　派閥争いに水を差す形になっちゃって」

想定していなかった質問をされた生徒のように、倉橋先生は一瞬目を大きくした。

「ん。ああ、言われてみればそうかな。考えたことなかったけど」

考えたことないって、それではあまりにも清瀬がないがしろにされているように思える。もやもやするけど、とりあえず最後まで話を聞こう。

それで？　とあたしが先を促すと、倉橋先生は鷹揚に頷いてみせた。

「結局、二週間後のホームルームでは、清瀬が推した男子が伴奏者になった。清瀬のもくろみ通りだね。けど、それが決まるまでの二週間は、清瀬の期待通りには動かなかった」

「……ちなつちゃんに、何かあったんですね」

倉橋先生の柔《やわ》い吐息。光沢のある綺麗な爪が、木製の机をこつこつと叩く。

「伴奏者が決まるまでの二週間、いくつかの事件があったの。まあ、よくある嫌がらせだね。文化部派閥にも運動部派閥にも、嫌がらせがあった。誰がやったんだってなった時、誰もが否定した。やり玉に上がったのが、ちなつだったの」

絶句した。ちなつちゃんが、そんな卑怯なことをするわけない。いつも練習に最初に来て、手を抜かず最後まで走り切って、応援だって声を張り上げて、真面目で必死で——。

あたしの心中は分かっている、という具合に、倉橋先生は優しい口調に変わった。

「ちなつも否定したみたいだけどね。そういう雰囲気ができたら、もうひっくり返すのは難しいんだよ。二週間後のホームルーム、運動部派閥はちなつを担ぎあげたくせにちなつを支持しなかった。けど対立する文化部を支持することもできなくて、結局清瀬が推した男子を支持した。結果、男子と運動部女子の支持を得た清瀬の推した男子が、伴奏者になった。……そして、ちなつは孤立した」

そういう話だよ、と最後はまた投げやりな口調になった。

そんなことを全然知らなかったあたしは、そこで話を終わりにしたくなかった。救いを求めるような口調だったと思う。

「そのあと、ちなつちゃんは？」

「クラスのほとんどの人間から無視されて居心地は悪かっただろうけど、学校には来てたよ。少なくとも、表立って教師が介入するようないじめは無かったはず」

「そう、ですか」

「想像するに、ユウの存在が大きかったと思う。事件の後、ユウが何かとちなつの世話を焼いてるのを見たし。誰からも人気のある彼がちなつの面倒を見ている中で、わざわざちなつに危害を加えようとする奴はいなかったよ。ちなつも途中から、ユウにぞっこんだったね」

あたしはようやくコーヒーカップを手にとったけど、机に戻した。コーヒーの黒い波紋が、白いカップの中で広がる。柔らかいソファが全てを受け入れてくれている、その心地よさがどうにもしっくりこない。

「あの、先生」

「うん？」

「ちなみに、今日あたしとユウ君の他に来る予定の筧ちゃんって——」

「ちなつと同じクラスだよ。運動部派閥だった」

よし。

ちょっとぶらついてきます、と立ち上がる。手を付けていないコーヒーの波紋が、あたしを送り出してくれる。

*

この学校唯一の自動販売機は、校舎と体育館を繋ぐ通路の脇にある。

自販機の側には大きな桜の樹があって、青々と葉を茂らせていた。豪雨のように熊蟬の鳴き声が落ちてくる。紙パックのストローを啜ると、ミルクコーヒーの冷たさが身体に染みわたる。

中学時代、友人とよくここでミルクコーヒーを飲んだなあ。相変わらず、その事実以外の記憶はよみがえってこない。ここで何を話し、何を感じただろう？　ミルクコーヒーの甘さは変わっていなくて、なんだかそれが却って気分を落ち込ませる。

「あ、佐竹先輩？」

呼ばれて顔を上げた。茶色のチェックのスカート、白いブラウスに赤いリボン。ふんわりとカールした前髪が夏の終わりの風に揺れている。

「あ、筧ちゃん。久しぶり！」

「今、一瞬気づかなかったでしょお」

筧ちゃんはとろん、とした口調でめざとく指摘してくる。この暑さだから筧ちゃんも飲み物を買いに来るだろうと予想してここにいたけれど、まさか肝心の彼女に気づかないとは。言い訳がましくならないように、注意深く言葉を選ぶ。

「や、筧ちゃんさらにおしゃれになってるし、ほんとに一瞬分かんなかったよ」

だって、一重が二重になって、髪の色が黒から茶色になって、にきびがコンシーラーで消えているのだ。バレー部でいつも鼻に汗を浮かべていた彼女の姿しか記憶にないあたしに、すぐに気がつけと言われてもなかなか難しい。

「佐竹先輩は、全然変わってないですねえ」

「ありがと」

ありがとう、なのかな。

「今日、先輩の高校から来るのって、佐竹先輩だけですか？」

「あ、ううん。うちの高校からは、あたしとユウ君だよ」

筧ちゃんは、明らかに安心した表情を見せた。そういえば、緩んだ口元のほくろ、これは中学生の頃からあったかな。

「ちなつちゃん、中学ではいろいろあったみたいだね」

用意した言葉を丁寧に放った。そうなんですよお、と筧ちゃんも簡単に受け取ってくれる。

「ちなつとは、中三の最後の方は口利いてなかったんで、今日もし来てたらどうしようかと思いましたよお」

「ちなつちゃんと同じクラスだったんだ？」

「あの子空気読めなくて、ほんと大変でしたあ。佐竹先輩も陸上部で一緒なんですよね？　あの子といると、疲れません？」

ちなつちゃんは、とにかく自分に厳しい。自己犠牲を厭わないと言えばよく聞こえるけど、それを点数稼ぎだと歪曲して捉える子もいるのかもしれなかった。

んんん、と肯定でも否定でもない声を慎重に発する。波風を立てないように会話をするのは、昔から得意だった。こういうところも、上手く生きてきた、と揶揄されるところなのだろうか。

「ちなつちゃんは陸上部で一緒だけど、あたしはハードルだし、ちなつちゃんは短距離で、ほとんど接点ないんだ。学年も一個下だしね」

「あー、陸上部ってチームプレーなさそうですもんね。いいなあ。ウチは結局そういうの向いてなくて、バレーは辞めちゃいましたあ。陸上入ってればよかったかなあ」

「箟ちゃん、バレー辞めたんだ。もったいないなあ。別のことしてるの？」

「そうですねえ、普通の女子高生やってます」

ふわっと甘い香りを振りまいて、白い歯をのぞかせた。運動の部活をしていたら普通の女子高生とは言えないのだろうか。不思議に思うけど、価値観の問題なのかな、と思う。

「ちなつちゃんが中三の時いろいろあったってのは聞いたけど、何があったのかは知らないんだよね」

脱線しそうになった話を、やんわりと戻す。友人と話していても、話を本筋に戻す役目は大体あたしだった。コツは、無理矢理戻そうとしないこと。さりげなく、そして丁寧に。時にはツーステップくらい、違う話題を経由するとよい。

「そうなんですか？　ウチの代では結構有名だったんですよお？」

「合唱コンクールで揉めたんだっけ？　どんな感じだったの？」

「なんか、よく分かんないんですけど。ちなつが急に、全方向に喧嘩を売り出したって
いうかあ」
へえ、とあたしは身を乗り出してみせる。下唇の内側を鈍く噛みながら、「なになに。
どんなことがあったの」
筧ちゃんは楽しそうに茶色い髪を指先でくるくる巻き始めた。
「中学時代の嫌な思い出ってそれしかないんで、よく覚えてるんですよね。……伴奏者
を誰にするかで、ホームルームが大炎上したのは知ってます?」
「みたいだね。なんか二つグループがあったとか?」
「そうなんですよお。クラスの女子が二十人のうち、文化部派閥が八人、ウチらの運動
部で仲いいのが、ちなつを入れて八人って感じだったんです」
文化部の方を派閥と呼び、運動部の方を「仲いいの」と呼ぶ辺りが、その確執を表し
ているように聞こえる。
「へえ、ほんとに半々だったんだね。そりゃホームルームでも収拾つかないだろうな
あ」
「ちなつが伴奏やりたいっていうから、ホームルームでもちなつを応援してあげたんで
す。文化部の奴らに、ぼろぼろに言われてたのを守ってあげて、英語科準備室で遊ぶ時
も、ちなつを呼んであげるようになったんですよお。なのにあの子」

「何があったの？」

聞いてくださいよ、とおっとりした口調が鋭いものになっていく。

そういえば、筧ちゃんってもともとこんな口調だった。おっとりした口調は高校に入って会得した技術らしい。何に役立つのかは分からないけれど、まあきっといろいろ役立つのだろう。

「ウチら仲いい集まりの中の一人で、めちゃくちゃ良い子がいるんですよ。運動部の中心人物だったんですけど、その子がいたずらされて……。SNSに、勝手にその子のなりすましのアカウントが作られてたんですよ！」

蟬に負けない声量で力説されるけど、それに反応できるほどの情報を、今のところ持ち合わせてはいなかった。

「え、そうなんだ！　それって大変なことじゃない？」

反応できないなりに、相手の気迫に自分もついていく。上手く会話を繋げるには、必要な技術だった。

でしょでしょ、と筧ちゃんの舌の回転速度は加速度的に増していく。

「やばくないですか？　名前もその子の名前で、プロフィール画像もその子の画像なんですよ！　それにつぶやきは、ウチら仲いい集まりに対する文句ばっかりで。明らかにウチらのグループにしか分からないことの、文句をつぶやいてるんです！」

「それがちなつちゃんだったってこと?」

「以外にないでしょ! だって、勝手に使われてたプロフィール画像って、ちなつがウチらのメッセージアプリのグループに入った後に貼られた写真を使ってたし」

「写真?」

「グループメンバーのみんなで撮った写真ですよ! それに、アカウントが作られたタイミングも、ウチらがちなつを誘ってあげたすぐあとなんです。ありえなくないですか?」

どうやら、運動部派閥の中心人物の偽アカウントをちなつちゃんが作っていた、ということらしい。そしてそのアカウントで悪口を呟いていた、と。

うん、うん。

うーん。

さすがに、筧ちゃんの気迫にはついていけなかった。ちなつちゃんは自分に厳しい。そのストイックさが、周囲の雰囲気を悪くすることもあるのかもしれない。けれど、あえて自分から敵を作るまねをするような、直接的な幼さはない。

あたしが腑に落ちない顔をしていたのか、筧ちゃんは自身のスマートフォンを見せてきた。綺麗な指先でメッセージアプリのアイコンをタップすると、グループのトーク画面が表示される。グループの名前は「いつメン☆3の2」というものだった。最後にメッセージが投稿されたのは一年前で、それ以降会話は止まっている。「いつものメンツ」だった彼女らも、それぞれの道を歩き始めたのだろう。

「トークは止まってますけど、まだみんな仲いいんですよ。このグループも当時のままだし」

あたしの表情が曇ったのを見逃さず、的確にフォローする。この場合、一体誰をフォローしているのだろうか、と意味のないことを考えたりする。

「これ、見てくださいよ」

筧ちゃんのトーク画面は、彼女が中三の頃の秋まで遡《さかのぼ》っている。ちょうど例の出来事があった時期だ。『秦ちなつ　がグループに参加しました』のすぐ後、「いつものメンツ」が収まった写真が貼られている。その写真の筧ちゃんはあたしの記憶の彼女で、一重で大きな口で笑っていた。隅には不機嫌そうな倉橋先生も写りこんでいて、英語科準備室で撮ったことが分かる。

「これがプロフィール写真にされてたんですよ」

「でも、ちなつちゃん以外の他のグループの子も、この写真を見れたんだよね？」

「そうですけど、タイミング的にちなつしかいないでしょ。だって、あいつがグループトークに入ってすぐの写真を使われたんだから」

また表情が曇らないようにするのに苦労する。筧ちゃんが言う「だって」以下の言葉が反論になっているわけではない。

筧ちゃんがスマートフォンをしまう際にスクリーンに指が当たって、画面が下にスライドした。その時、『秦ちなつ　がグループを退会しました』という文字が見えて、そんなことを考えてしまう。

「まだあるんですよ。絶対にちなつにしかできなかったことが」

どうにかしてすっきりしたいのか、筧ちゃんはもう語尾を伸ばす独特の口調を使うのを忘れてしまっている。

「運動部のその子と、文化部で伴奏者に立候補してた子の、バッグに付けてたキーホルダーがトイレに捨てられてたんです！」

「ああ、うん」

相づちを打つけど、もう筧ちゃんは聞いていなかった。

「それは絶っ対に、ちなつにしかできなかったんです。絶対に。だって、キーホルダーが三階の女子トイレで見つかったのって、五時間目の倉橋先生の英語の後の休憩時間なんです。それまでに生徒が自由に動ける時間っていったら昼休みなんですけど、昼休みの最後にトイレに入ったのはちなつだったんですよ。これは、ウチら以外にも、たくさんの人が見てたんです」

中学校の時間割表を思い出して、整理してみる。

午前中は一時間目から四時間目まであって、そのあとに給食があって、昼休みがあって、五時間目が始まる。昼休みの最後に女子トイレに入ったのはちなつちゃんで、五時間目の終わりの休み時間にトイレに行くと、両派閥の二人のキーホルダーが捨てられていた、ということだろうか。

いくつか追加で、情報が必要なように思う。

「バッグって、どこに置いてたの？」

「教室の後ろのロッカーですよ。バッグを置ける程度の大きさの木製のロッカー」

「五時間目あとの休憩の時、最初にトイレに行ったのは？」

「ウチらです。個室の便器にキーホルダーが捨てられてたんです」

「昼休み中にちなつちゃん以外の子がトイレに捨ててた、っていう可能性もないいんだ？」

「ウチら、昼休みずっとトイレでだべってたんです。昼休みの終わりに、トイレから出る時に、入れ替わりでちなつが一人で入っていったんです。ウチら以外のクラスは体育とかで外に行ってたから三階を使わないはずで、最後にトイレに入ったのがちなつなのは間違いないんです」

「五時間目の倉橋先生の授業中に席を立った人は？」

「誰もいませんよ。ね、これはちなつしかできないでしょ？」

寛ちゃんはどうしてもあたしを納得させたいらしい。ちなつちゃんともう関わりがないのだし、そこまで拘泥しなくても、と思う。けど、いくら過去の出来事とは言ったって、誰だって自分の立ち位置の正当性を主張したいものだ。

「うーん、そうだね。そのキーホルダーって、簡単に外せるものなの？」

「まあ、普通のリングタイプですから誰だって外せますよ。十秒もあれば余裕です。ね？　ほら、ちなつじゃないですか」

抵抗を試みていたけど、その語気に押されるように頷いてしまった。

「ね？」

にっこりと微笑んだ二重の端、アイテープの先が夏の太陽に照らされて光っていた。

「……」

あたしが思い出していたのは、同じ高校の後輩である清瀬の顔だった。あいつならどう答えるのだろう？

「どうなんでしょうね」とか適当な台詞を吐きながら、内心ではちゃんと意見を持っているんだろうな。そのくせ、それを簡単には外に出そうとしないんだ、あいつは。格好をつけているつもりなのかな、ほんと。笑っちゃうよね。

そこまで考えて、ようやく口角を持ち上げることに成功した。

「どうだろうね」

あは、と満足したように筧ちゃんは二重の目でにっこりと笑った。

「こうやって昔の話したら、なんだか中三のグループメンバーで会いたくなってきちゃいましたあ。みんな、元気にしてるかなあ」

話し方も、語尾が伸びるものに戻っていた。先ほど見たメッセージアプリのグループの八つのアイコンを思い返す。メッセージアプリでさえ二年間話をしていない友人たちと会って、一体どんな会話をするのだろう？　まあ八人もいたら、何かしら話題が生まれるものなのかもしれない。例えば、中学時代の鬱陶しかったクラスメイトの話とか。

筧ちゃんはきっと、綺麗な髪の毛を撫でつつ、語尾を伸ばして語るのだろう。

透明なため息を、青い空に打ち上げる。それはそのままどこにも落ちてこなくて、あたしはふと一つのことに気がつく。

「ねえ筧ちゃん」

「はい？」

「さっきのメッセージアプリのグループメンバーって、ちなつちゃんの退会以外はそのままなの？」

筧ちゃんは鼻白む。「まあ、そうですけど……。でも退会したのはちなつの意思ですし、どうこう言われることはないですよ」

それじゃあ後で、とスカートを翻して去って行く背中を見送る。

ストローを啜ると、ずずず、とさもしい音が紙パックの底から青空に立ち上った。舌には顔をしかめるくらいの甘さの後に、薄い苦みが残った。

＊

二階の廊下を歩いている。

ちょうど休み時間で、男子生徒は廊下で意味もなく肩を組み、教室ではロッカーに腰かけて女子たちがおしゃべりに花を咲かせている。宿題が終わっていないとか部活がしんどいとか後ろ向きなワードばかり届くけど、それでも全ての声は弾んでいた。後ろ向きなことを話せる、というのは実はそれだけでとても愉快なことだ。『話すらできない』という状況になった時が、本当に後ろ向きなのだろう。例えば、中学三年生のちなつちゃんや、あるいは——。

廊下に立つ男子生徒の一人がどこかを眺めていて、通り過ぎる時に目が合う。まだ幼さの残る頰には、膿んだ大きなニキビがあった。意思の宿る瞳が眩しくて、すぐに目を逸らしてしまった。

清瀬も、昔はそんな瞳だった。

三年前のこの廊下には、中学二年生の清瀬の姿があった。休み時間になると、あたしはよく清瀬をからかいにここに来た。……今もそうだけど、ふいに清瀬と話したくなる瞬間があるのだ。

中学生の清瀬は、あたしが冗談まじりに何かしらの問題提起をすると、困った顔で、うんうん唸って考えに考えるのだった。その清瀬の隣にはいつもユウ君がいて、ユウ君は清瀬が口を開くまで、にこにことあたしに話しかけてくれた。良いコンビに見えて少し羨ましかった。

英語科準備室には、まだ洋楽が流れていた。

「なんか面白いことでもあった?」

倉橋先生はパソコンに向き合っていた。つばを飲み下すと、まだミルクコーヒーの味がする。

「面白いことというか……」

「どうでもいいけど、講演が始まる前にコーヒー飲んじゃいなよ。冷めちゃってるだろうけど」

「あの、さっきの、合唱コンクールで揉めたっていう話」

「うん」

「あれ、倉橋先生の仕業ですよね」

振り返る、金縁の眼鏡の奥の瞳。

大きな瞳は全然動かなかった。

倉橋先生は大きな背もたれに細身の体をあずけ、いつものように投げやりな口調で、

「そうだよ」

と、言った。

曲の合間、数秒の沈黙は、何も劇的なことを予感させない。

やっぱりそうですか、とあたしは短く息を吐いてみる。ため息ではない、ただの呼吸だ。少なくとも、そうあろうと努める。

その反応は、倉橋先生が求めていたものではなかったらしい。がっかりしたように、大げさにため息をついてみせる。

「それだけ？　もっとこう、糾弾するとか、そういうのを期待してたんだけど」

「全然、そんな。単純に言いたくなっただけです。あたしが」

あたしは昔から、気になったことは言わずにはいられなかった。それで何度、清瀬に煙たがられただろう。今もそう。言わずにはいられなかった。あたしは後ろ手に組んでいた。自分で自分の手綱を引くように。

倉橋先生は赤い唇を持ち上げた。

「ま、いいや。どうして気づいたのか、教えてほしいな。旧帝大を目指す高校生の頭脳とやらを見せてくれ」

「やですよ。恥ずかしいし」

綺麗な肌のほうれい線が深くなった。

「恥ずかしがるなよ、一丁前に。恥ずかしいってのは、何かできるやつが抱く感情だ。何もできないガキが抱く感情じゃない」

そうですか、と呟いて目を閉じた。自然と深く息が出た。今度は間違いなく、ため息だった。

そうですか。

「さっき、筧ちゃんに会って、合唱コンクールのいたずらって、具体的にどんなことがあったのか聞いたんです」

「それで？　あの甘ったるい脳みそが、私が仕組んでたって気づいてたわけじゃないだろう？」

「まずは、運動部派閥の一人の偽アカウントの話ですけど。アカウントのアイコン画像を入手できたのはそのメッセージアプリで同じグループに入ってる人だけだから、新参者のちなつちゃんが怪しまれるきっかけになったみたいですね」

「馬鹿の筧にしたら、妥当な推測だろ」

この台詞はもう、投げやりとか鋭いとか、そんなレベルじゃない。普通に聞き苦しい悪口だ。

「……さっき、筧ちゃんにメッセージアプリを見せてもらいながら、話してたんですけど。そのグループの人数は八人だったんですよ。おかしいです。当時の筧ちゃんのクラスには女子は二十人いて、文化部派閥は八人、運動部派閥はちなつちゃんを入れて八人だったはず。けど、さっきのメッセージアプリのグループは、ちなつちゃんが退会してるのに、八人だった」

メッセージアプリのグループメンバーは、ちなつちゃんの退会以外は当時のままだと筧ちゃんは言った。当時の確執を考えると、運動部以外の誰かがそのグループに入ってるとは考えにくい。もう一人、クラスメイトではないのに、運動部派閥のグループメッセージに参加してる人がいる。

筧ちゃんはさっき、写真を見せる時なんと言っていたか。「グループメンバーのみんなで撮った写真」だと言っていたはずだ。その写真には、ちなつちゃんを入れた八人の生徒の他にもう一人、写っている人物がいた。

倉橋先生だ。

あの写真は、倉橋先生を入れた「グループメンバーのみんなで」撮った写真だったのではないか？

「あのメッセージアプリのグループに、倉橋先生も入ってるんじゃないですか？」

ほう、と今度は少し感心したように応えてくれる。それを誤魔化すように、彼女はコーヒーに手を伸ばした。大きなマグカップを傾けると、正面からは表情が見えない。カップを置くと、いつものニヒルな微笑が現れた。

「まあ、確かに私は、そのグループメッセージに入ってるさ。けど、それだけで私がそのSNSの偽アカウントを作った証拠にはならない。ちなつじゃなくても、他のメンバーがその画像をダウンロードして別の人間に渡してる可能性も十分ある」

もちろんそうだ。そんなことは分かり切っている。こんなことで犯人は絞れない。けれど、当時はそれだけでちなつちゃんが疑われることになった。そんなことで絞れるわけがないのに。自分が疑われていると分かった瞬間、ちなつちゃんは何を思っただろう。

「あと、運動部の中心人物と文化部の伴奏者に立候補してた子のバッグにつけてたキーホルダーが、昼休みの時に女子トイレに捨てられてたってことがあったみたいです。昼休みの最後、五時間目が始まる前にトイレに行ったのはちなつちゃんで、五時間目の後の休み時間にトイレでキーホルダーが見つかったから、ちなつちゃんが犯人にされたらしいですね」

「客観的に見ればそうなるだろうな」

「そうでしょうか。バッグは教室の後ろに置いてあるんですよ？　しかもキーホルダーはリングタイプで、すぐにハサミで切れるようなものでもない。休み時間は大抵、教室の後ろのロッカーの周りには人が集まりますよ。対立する両陣営のバッグの辺りでもぞもぞ動いているってのは、難しいと思いますよ」

「でも、事実キーホルダーはトイレに捨ててあった」

「そう。だから、ちなつちゃん以外にそれをできることができた人物はいないか、考えてみたんです。昼休みは不可能、だとすると五時間目の授業中にするしかない。けど、授業中に生徒がするのは不可能です」

「あのね、教師だって不可能だよ。いつどうやって、生徒のバッグをごそごそ探る時間があんのさ」

　普通の授業ならそうだ。教師は黒板に向かい、板書をするだろう。でも、筧ちゃんはあの日の五時間目は倉橋先生の英語だったと言っていた。

　英語ならどうだろう。

　生徒が黙々と机に向かって、しかも耳を塞ぐ時間があるのではないか？

「小テストのリスニング中ですよね」

　倉橋先生はまたマグカップを手に取った。カップに隠れた顔が現れるのを待つ理由も無くて、あたしはカップの高台に向かって言葉を投げている。

「今もオーディオ機器とイヤホンを使って、リスニングの小テストをやってるって、さっき言ってましたよね。当時ももちろん、イヤホンを付けてリスニングをしてたんでしよう？　三年生の秋なんて、内申点のために成績を上げようと必死です。夏休みの登校日に、こうやって先輩にハッパをかけられるんですから。小テストの最中、しかもリスニング中に、後ろを振り向く生徒なんて、誰もいないですよ」

ようやく、カップから倉橋先生の表情が現れる。

その余裕はちっとも変わらなかった。思えば、いつだってこの先生は余裕を持っている。ピアスの穴や服装を他の先生に指摘されても、堂々としていた。それを昔はかっこいいと思っていた。物怖《ものお》じしない態度で、その投げやりな口調を聞くと、生徒を子ども扱いしていないように聞こえた。

けどそれは本当にそうなのだろうか、と三年経って思う。

「ま、大体あんたの言う通りだね」

別に聞いてもいないのに、彼女は語り出した。

「理由はまあ、いろいろあるけどね。一つは、生徒が嫌いだからかな。何というか、あんたら若い奴らって、何にでもなれるって、思いこんでる節があるからさ。自信があるくせに、ここで集まって話すのは、恋愛の話か下らない陰口か、そんな話ばっかりでさ。やってらんなかったね」

切れ長の目が、窓の外に向く。「世界はこんなにも広いのに、私ときたら島国のちっぽけな片田舎で、勘違いしたガキのおもりをしてるんだから、まったく、もう」

窓の外にはグラウンド、その向こうには住宅街、そして豊かな緑をたたえた山々が並ぶ。いくら昔は栄えていたと大人が回顧しても、その面影はどこにもない。ちっぽけな片田舎というのは間違いないのに、それでもあたしがこぶしを握り締めてしまうのは、どのワードに反応しているのだろう。

「そしてそのガキは、何者でもないくせにいきり立ってる。お前らの世界ってのは、大人がちょっと手を加えるだけで簡単に壊れる程度のものなんだ、ってのを教えてやろうと思ってね」

「注意するとか怒るとか、伝え方はいろいろあったんじゃないですか？　そうしていれば誰も、ちなつちゃんも、清瀬だって傷つかなかった」

「なんで私があんたらみたいなちっぽけな存在のために怒って、無駄な労力を割かないといけないのよ。それに、ちなつはどうせ何をしようと手遅れだったよ」

「だからそうさせまいと、清瀬がいろいろ立ち回ったんでしょ？」

彼女は艶のある唇から大きく息を吐きだした。「それもまた、小憎らしかったのよね」

あたしはため息さえ出ない。

「小さな世界で揉めるのも、それを上手く取りなそうとするのも、小賢しくって馬鹿馬鹿しくて、やってられっか、ってね。そんで、ちょっと遊んでやろうと思ったんだ——って感じかな。まあ、複雑なんだよ、大人はいろいろと」

倉橋先生は、肩をすくめて、やれやれ、というポーズをとっている。肩の上の黒髪が計算されたようにはらりと胸に落ちる。

「……複雑、ですか」

捲《まく》し立てないように、何とか喉の筋肉に力を注ぐ。あたしの胸の底には変に熱い塊が一つあった。その塊は熱くて、硬くて、痛かった。

そして多分、それは怒りだった。

目の前の彼女は、ずっと余裕の笑みを浮かべている。

「そう。complex……。私くらいの人間はね、いろいろ複雑なのよ」

英語を交ぜる、ご機嫌な時の返しだった。これまでの会話のどこに、機嫌の良くなるポイントがあったのだろう？　あたしには全然分からない。こぶしを解くと、手のひらがサーキュレーターの風で冷めていく。

窓の外、空は相変わらず、青すぎる。

「complexって、『複雑な』って意味でしたっけ？」

「どうしたの急に。中学生でも分かる単語よ」

「名詞で他にも意味がありますよね」

「それは、そのままね」

「和訳、合ってますか？」

「ん？」

「『複雑な』って訳した、先生のcomplexっていう感情。それで訳《やく》は合ってますか？」

初めてかもしれない。

余裕が失われた、倉橋先生を見たのは。

赤い唇は開かれ、けど何も出てこなくて、黒い瞳は微動だにしなかった。ああ、この人は余裕があったわけじゃないんだな、とその時気がついた。ずっと余裕のあるふりをして、ぎりぎりのところでやっていたんだな、と。このマグカップの大きさの訳《わけ》も、困った時にこうやって表情を隠すためなのだろう。

単語帳を繰ると、古い紙の匂いがする。complexの和訳が載っていた。

一つは倉橋先生が言ったとおり、『複雑な』という形容詞。

その下に記載された意味はこうだった。

『劣等感』

あたしは怒りを堪《こら》えながら口を開く。

「さっき先生は複雑なんて言って、ぼやかして表現してましたけど。先生の中にあるcomplexっていう感情は、本当は、ただの劣等感なんじゃないですか？　何者かになろうと必死にもがく、若者への劣等感なんでしょ？」

沈黙の間隙に流れる男性の歌声は優しい。しかし、あたしと彼女の間に流れる空気を和らげてくれはしなかった。

少ししてから、吐き捨てるように彼女は言った。

「佐竹、あんたも同じだよ」

「はい？」

「いろいろ言ってくれたけどさ、あんたも私と一緒だよ。あんたも小器用に、上手く切り抜けてきただけの人生でしょうが。さっき『中学の時何してましたっけ』なんて聞いてきたのが、その証拠。上手く生きてきただけのあんたには『何かをした』って手ごたえがないんだ。違う？」

「それは」

「あんたはいつだって『それなり』なんだよ。『それなり』に頑張って『それなり』に悩んで、躓くのが怖くて心底必死になれない」

「別にあたしは」

「あんたがこんな風に、ちなつの中学時代の事件を混ぜ返しているのはどうして？　それは、教訓を得たいからでしょ？　自分が失敗しないために、上手く立ち回るために、誰かの失敗談を聞きたかっただけ。リスニングで先に問題文に目を通しておくように、今後の人生で自分が躓く可能性のある要素を確認しておきたかった」

「……だから」

「あんた、私のことをさんざん馬鹿にしてくれたけどさ。あんたも私と、何が違う？」

「――」

言い返したくて、けど、言い返すことができなかった。

赤い唇の奥、剝き出しの前歯はわずかに黄ばんでいた。苦汁を飲み続けて沈着した色素が年輪のように刻まれている。

「……コーヒー、ごちそうさまでした」

それだけ言って、背を向けた。悲鳴のように引き戸のレールがきしむ。この引き戸は昔からそうだった。懐かしい。

けど、もう安心感は無かった。

＊

講演は食堂で行われる。

三年生は全員で百人にも満たないから、体育館では箱が大きすぎるのだ。あたしも床にお尻を付いて三角に座るのが苦手だから、こうして椅子に中学生が座っているのを見ると自分のことじゃないのにほっとする。

受験勉強に関する先輩からのアドバイスは、一人あたり十分話すことになっていた。

ユウ君、あたし、筧ちゃんという順番だった。

ユウ君の話はもう終わりに近い。

「だから、とにかくやるってことなんだと思うんです。目指すべき場所があって、今できることを、ひたむきに心底やること。それって才能でも何でもなくて、誰でもできるはずなんです」

ユウ君の声には、独特の表情がある。素直で、実直だ。飾っていない、ということがひしひしと伝わってくる。目指すべき場所をひたむきに目指すこと。今できることを心底やること。あたしは何も、できていない。

『あんたも私と、何が違う?』

……やっぱり、あたしも倉橋先生と何も違わないのだろうか?

「とにかく、頑張ってください。うちの高校を志望する人、来年一緒に通えるのを楽しみにしてます。ありがとうございました」

大きな拍手が起こった。ユウ君らしい、中学生に寄り添った話だった。ちなつちゃんがユウ君に惹かれていた、という話も頷ける。ちなつちゃんが救われていたなら、本当によかった。一件落着とまではいかなくとも、みんな収まるところに収まった、という感じだろう。

「佐竹さん?」

「あ、はい」

司会の人に促されて、あたしはとぼとぼと生徒の前に進む。ユウ君の話がうまかったせいで、ハードルが上がってしまった。よく、「ハードルは越えるんじゃなくて、くぐっちゃえばいいんだ」なんていう名言もどきを聞くけど、ハードルをくぐったら失格だ。故意に倒しても失格。

ハードルを越えようとする意思を示さなければ、ハードル競技は失格になる。

「えーっと、初めまして。佐竹です。あの、えーっと」

マイクの前で言葉がまとまらないまま、あたしは仕方なく口を開いた。

「えっと、そのー、勉強法って言ったって、正直あたし、あんまり伝えられることなんてないんですよね。勉強に限らず、それなりに頑張ってきただけなんで。よく言われるんですよね。『上手く生きてる』って。さっきも倉橋先生に、『自分と同じように上手く切り抜けてるだけの生き方をしてる』みたいなこと言われちゃいましたよー、ははは」

口を動かしながら、しかし頭は二年前の事件のことを考えていた。

小さなクラスでの小さな争い。ちなつちゃんを切り捨てて、クラスの平穏は守られた。

切り捨てられたちなつちゃんは、ユウ君に救われた。

ならば、と思う。

清瀬は、どうなっただろう？

当時委員長だった清瀬は、ちなつちゃんを救おうと策を弄して、しかし救えなかった。救ったのは、彼の親友のユウ君だった。

ちなつちゃんを救おうとして、独りでクラスに根回しした清瀬の思い。救ったのは自分ではなくて親友だと分かった時の、清瀬の思い。あいつはきっと、誰にも話していない。

清瀬は、一体誰に守られ、何に救われたのだろう？

どうして、誰もそれに言及しないんだろう？　どうして、清瀬がないがしろにされていることに、誰も気づかないのだろう？

胸の奥で、また熱い怒りが蘇ってくる。今回の事件、清瀬のことを想うと、どうしようもなく腹が立って……。

「――」

ああそうか、と気がついた。

息を吸うと、甘いような辛いような、給食の匂いがした。

懐かしい、と思った。けど、安心感は無かった。代わりに、新しいスパイクを履く時のような高揚感が湧きあがった。

まあ、とあたしが続けた言葉は、食堂の壁に反響して変に力強く響いた。

「倉橋先生がどう言おうが、全然違うんですけどね。あたしと倉橋先生は」

倉橋先生の言う通り、あたしは確かに『それなり』に生きてきただけかもしれない。心底必死になったこともなく、教訓ばかり掻き集めて、失敗しないように上手く立ち回ってきただけ。

だけど、あたしは気づいたのだ。あたしにだって『それなり』じゃない、譲れないものがちゃんとあることに。

例えば、清瀬のことだ。

中学生の清瀬はきっと、ちなつちゃんを助けたいと心底悩んだだろう。落としどころを用意したのに結局ちなつちゃんは孤立して、自分の力のなさに苦しんだだろう。ちなつちゃんを簡単に救う親友を目の当たりにして、嫉妬したこともあったかもしれない。清瀬は心底悩んで躓いて、けどあいつは、それを決して表には出さないのだ。

それなりに生きてきただけのあたしには、到底できない芸当だった。

あたしはそんな清瀬の不器用さがもどかしくて、苛々して、時折、どうしようもなく切なく感じる。

そんな清瀬が割を食うことがあるなんて、どうしても、心底、承服できない。

「――倉橋先生と違って、あたしは自分じゃない誰かのために心底怒ったり、くやしがったりできるんで。そんな誰かがあたしにはいるんで、あたしは絶対、先生とは違うんですよね」

倉橋先生を見ると、細い腕を組んで微笑みを湛えたまま佇んでいた。

きっと彼女は、私の言葉を上手く心に落とし込めていないだろう。微笑みを湛えていたら、余裕を持った大人でいられると思っているのだ。ずいぶん安直な表情筋の動かし方だった。

対照的に、生徒たちは戸惑った表情を浮かべていた。しまった。ええっと、何の話だっけ。そうそう、勉強方法の話をしないといけないんだった。

そういえば、とあたしは口を開く。

「英語の授業で倉橋先生に教えられてる人っています？　一つだけ言っとくと、先生の熱意の無い授業を受けるくらいなら、自分で教科書読んでた方がましですよ」

生徒から失笑が起こった。軽く言い過ぎたから、冗談だと思われたみたいだ。どちらでもいい。清瀬をないがしろにした倉橋先生への、小さな反逆。倉橋先生にダメージなんて与えられない、それなりの反逆でしかないかもしれない。それでも、言わざるを得なかった。もう彼女の方には目をやらなかった。どうせ一ミリも表情を動かしていないのだ。あたしの人生で、もう必要のないものだった。

あたしの過去はぼんやりと曖昧で、未来だって全然見通せない。ならばここから始めてみたっていいじゃないか、と思う。自分にも心底必死になれるものがあると気づいた、今この瞬間から。

さて。これから、どうしよう？

まず、清瀬に今日のことを話そう。

清瀬の関わった二年前の事件について、揶揄《からか》うように、あるいは寄り添うように。

「あたしだけは全て分かっているんだぞ」という具合に話をしよう。あいつは、どんな顔をするだろうか？

多分、過去の自分の幼さにはにかむような、あるいは恥じるような、それでいて仏頂面でいようとするような、きっとそんな何とも言えない顔をするはずだ。それを想像するだけで、胸の奥底が、痛痒くひりついた。

あいつの複雑な表情のその訳《わけ》を、あたしは今、心底知りたいのだ。

真相は夕闇の中

窓から柔らかい旋律が流れ込んできた。吹奏楽部の練習だろう。英国の有名歌手の曲だった。サックスの音色は、九月の穏やかな空気とともに室内に広がった。

「もう、パンフレットは見つかったんだし、それでいいんじゃないですか。犯人捜しは止めましょうよ」

僕もなるべく穏やかに言葉を発したつもりだ。目の前の彼に届くように、と淡い期待を込めて。

しかし、三年生の高比良政親《たかひらまさちか》先輩は尖った顎《あご》を一向に縦に振らない。

「清瀬君、君も分からない人だね。だめに決まってるだろう? 誰がどうやって、文化祭のパンフレットをこの文化祭実行委員会室から持ち出したのか。その真相を探ることこそが、大切じゃないか」

痩せっぽちの高比良先輩の身振りはドラマのように大仰だった。いい加減、嫌気が差してしまう。

事の起こりは、一時間ほど前のことだった。

この文化祭実行委員会室から、文化祭のパンフレットが無くなっていたのだ。

正確には、パンフレットを入れたA3サイズの段ボールが五箱、この部屋から消えてしまった。誰もその行方が分からず、手当たり次第校内を捜しまわった結果、校舎の裏手にあるゴミ集積場に置いてあるのを、つい先ほど発見したのだった。ゴミ集積場は校内の全てのゴミが集められるプレハブ小屋で、段ボール箱はその軒先に放置されていた。

雑多な部屋の中央に置かれた長机に、件《くだん》の段ボール五箱が置かれている。一箱でも通学バッグより少し大きいくらいだから、五箱あるとそれなりに圧迫感がある。蓋をしていたガムテープを剝がして中身があることは先ほど確認していた。

高比良先輩の夏服の腹部は、吹き込む風にはためいている。痩せているのに悠然として見えるのは、それを補う自信に満ちた態度と大げさな口調のせいだろう。

彼は一人だけキャスター付きの椅子に腰掛け、意図的にゆったりと言葉を積み重ねる。

「現在の状況はこうだ。——昨日の夕方、東棟三階のこの部屋に、段ボール五箱分のパンフレットが納品された。開封して中身があることを確認して、開封したままこの机の上に置いていた。しかし今日、授業後にこの部屋に最初に来たぼくが、段ボールが無くなっていることに気がついた。今この部屋にいるメンバーで捜し回って、そして君がゴミ集積場で先ほど見つけた——。そうだね？」

高比良先輩が見つめる先にいるのは、僕と同じ二年生のユウだった。小柄ながらも、筋肉のついた胸板は厚い。背筋を精一杯伸ばして、はい、と元気よく返事をする。

高比良先輩は顎をあげて質問する。

「どんな風に置かれていたんだい?」

ユウは大きな目をぐるりと回す。

「ええっと、ゴミ集積場のプレハブ小屋の入り口あたりに、二段に重ねてありました」

「どうして君は、そこを捜そうと思ったわけ?」

「ゴミと間違われたのかと思ったんで」

「それだけ? 本当はどこにあったのか知ってたんじゃないの?」

疑いの目を向けられたユウは、慌てて否定した。細いくせっ毛が揺れる。

「あの、本当に何も、知らなかったですよ」

絵に描いたように焦った仕草をじっと見つめて、高比良先輩はふっと息を吐いた。

「君は二年六組だっけ? なら本当にそうなんだろうね。特に君は単純そうだし」

ユウは困ったように小指で首筋を掻くだけだった。

高比良先輩があえてクラスを言ったのは、この学校のクラスが成績で分けられているためだろう。六組は難関大進学コースではない。だからユウは嘘を吐けるほど頭が良くない、と言いたいのだ。

高比良先輩の態度はかなり失礼だと思うが、ユウが怒らないのに僕が怒る道理がない。

「高比良、あんたって文芸同好会に入ってんだっけ? ミステリーとかそういうのが好きなのかもしれないけどさ、ほどほどにしてよね」

代わりに、三年生の佐竹優希《さたけゆうき》先輩が口を挟んでくれた。うちわを動かす度、赤いボウタイが風鈴のように揺れる。

佐竹先輩の横やりに、高比良先輩は長い前髪の下、顔をしかめた。

「同好会じゃない。文芸部だよ。ぼくが部員を増やして部にしたんだ」

まくしたてようとする高比良先輩を、佐竹先輩は手をひらひら振ってあしらった。

「何でもいいけどさ。そんな風に探偵面しなくったっていいじゃない。まるで……」

と、そこまで言って佐竹先輩は思い出すように遠くを見て「……ねえ高比良。まさか三年の鴻巣《こうのす》も文芸部？」

「そうだけど。何か？」

やっぱり、と佐竹先輩は僕に視線を寄越してきた。僕は肩をすくめただけだった。佐竹先輩はため息まじりに言った。

「あんたにしろ、鴻巣にしろ、文芸部員は探偵にならないといけないルールでもあるわけ？」

「何が言いたいのか分からないけど、ぼくと鴻巣は同じミステリ好きでもジャンルが違うから。例えばぼくは――」

「や、知らないけど。とにかく、仕事は片付いたんだし早く帰ろうよ。パンフレットを誰が持って行ったのかなんて、どうでもよくない？　諏訪野先生へ報告する必要もないしさ」

諏訪野教諭は文化祭担当の教員の一人だが、文化祭に積極的に関わる姿勢は皆無だった。その代わり、僕たちのお願いは、無精ひげを抜きながらほとんどそのまま聞いてくれる。放任主義とも言えるし、生徒を信頼しているとも言える。生徒会選挙の担当も押しつけられていたし、単に断るのが面倒なだけなのかもしれない。

佐竹先輩の言葉はまさしく僕が言いたいことだったが、高比良先輩は前髪を掻き上げて否定した。

「全然どうでもよくないね。ほら、有名なアーティストも『想像しろ』って歌ってるだろう？」窓の外を指さしたのは、ちょうどその歌手の曲を、吹奏楽部が演奏しているからだろう。指をそのまま額に当てて、「想像してご覧？　今回は偶然見つかったからいいさ。けれどももし、今日と同じことが起きたら佐竹は責任をとれるのかい？　文化祭前日にパンフレットが無くなってしまったら？　責任なんてとれないだろう？」

「まあそりゃ、そうだけど」

「そこまで想像すると、再発防止の観点からも、この不可解な事件を解決すべきだってことに、異論が出るなんてあり得ないと思うけどねえ。人間は多くの場合目先のことしか考えていないけれど、それを補完するのが理性であり、想像力なんだよ……」

ご高説は長々と続いているが、要は想像力豊かで頭脳明晰であるということが、人の価値を測る上で最も信頼に足る物差しだ、と言いたいらしい。

佐竹先輩はやれやれと首をふった。外に跳ねさせた髪の毛が、一筋顔にかかる。

「大体さあ、なんで高比良の椅子だけそんな立派なやつなのよ。そんなのに座ってるから安楽椅子《アームチェア》探偵《ディテクティブ》気取りなことを言い出すんじゃないの」

「それは話が逸れてるよ、佐竹。今ぼくが何に座ってるかなんて、関係ないだろう？　この椅子はいつものぼくの席にあったから、座っただけさ」

長方形の文化祭実行委員会室には、北側と南側にドアがある。北側のドアは通常の教室同様引き戸だが、南側のドアは開き戸になっていて、彼はその南側の開き戸のすぐ傍に陣取るのが常だった。多分、ホワイトボードが近くにあるためだろう。高比良先輩は会議中も何かとホワイトボードでまとめたがる癖がある。

「高比良先輩のその椅子は、昨日隣の多目的教室から誰かが持ってきてましたよ」

生真面目なユウが補足をする。「ほら、多目的教室って、ほぼ倉庫みたいになってるじゃないですか。今日その中の物品を廃棄するとかで、使えそうなものを貰ってましたよ」

高比良先輩の細めた目をどう考えたのか、ユウの黒目がおどおどと置き所を探す。

「ええっと、昨日先生に、隣の多目的教室の整理をお願いされたんですよ。文化祭実行委員の一年生の子たちがそれをやってくれて、椅子の他にもそこにある小さな棚とか文化祭で使えそうな小物とかも……」

「ああ、分かった分かった」

高比良先輩は遮った。

「そんな細かいことはどうでもよくてさ。ほんと、頭の悪い人ほど、枝葉末節に拘るよね。……とにかく、別にぼくがこの椅子に座ってるのに深い意味はないってこと。それで早速事件のことだけど……」

話がパンフレットの話題に戻る。佐竹先輩でも説得できないならばもうだめだろう、と僕も諦めた。ボトルのサイダーを流し込むと、胃の中で温《ぬる》い爽快感が弾けて消えた。

ふいに北側の引き戸が開いた。

「失礼。文化祭で使う備品の納品に来たよ」

入ってきたのは、スーツ姿の若い事務員だった。強すぎる香水の匂いが室内に舞う。

この学校では、必要な物品は教員が事務員を通して、業者に発注することになっている。しかし、文化祭の物品に限っては、生徒でも文化祭実行委員であれば、事務員に発注することができた。

事務員に続いて、小太りの中年男性が台車を押して入ってきた。おそらく学校の備品を納入している業者だろう。その笑みは事務員とは正反対で、自然な柔らかさがあった。

男性の姿はどこかで見たような気がしたが、思い出せなかった。

事務員は入るやいなや、中年の業者に指示を出す。「じゃあ、マーカー十箱、この棚の中に入れておいてください」。言いながら、何かをきょろきょろと探している。

「あ、備品管理簿ならここです」

佐竹先輩が、一枚の紙が挟まったバインダーを差し出す。僕が受け取って、事務員に渡した。事務員は今日の日付とともに『5時13分　マーカー　十箱』と書き込んだ。見事な達筆で、人は見かけによらないものだな、と妙なところで教訓を得る。

「マーカーはこれで足りると思うけど。他に何か必要なものはある？」

と、事務員は尋ねた。

「あ、昨日ガムテープ使い果たしちゃったんですけど」

佐竹先輩が応じると、事務員は白い歯を光らせた。香水の匂いが鼻につく。

「ちょうどよかった。ガムテープはさっき納品しておいたよ」

備品管理簿には、確かに『13時01分　ガムテープ　五つ』と綺麗な文字が並んでいる。

事務員は丸眼鏡を持ち上げて業者の男性に向き直った。「ちょっと行くところがあるので、先に事務室に行っててもらえますか。今日の多目的教室の机の廃棄の書類も、用意しておいてください。その他のことは、いつものように、付箋に指示を書いて貼っているので」

その態度は生徒に「社会人」をひけらかしているように感じられて、僕はこの事務員がどうも苦手だった。

二人が出ていって、「とにかく」と、仕切り直すように高比良先輩が言った。

「犯人を捜すためには情報が必要だ。昨日この部屋の鍵を閉めたのは誰なのか。あるいは、今日の今まで他に誰が鍵を開けたのか」

「昨日閉めたのは俺です」

ユウは眉尻を下げて続けた。「……昨日から今までの間に、誰が鍵を開けたのかまでは、分からないですけど」

「うん。なら誰が鍵を開けたのか、知る必要があるよね」

と、高比良先輩は子どもにそうするように、ゆっくりと語りかける。

「えーっと、はい」

何を求められているのか分からないユウは、曖昧に返すだけだった。

高比良先輩はわざとらしくため息をついてみせた。

「うん、だからね。それを調べてきてよ。この部屋の鍵を借りる時には、クラスと名前を書くだろう? ぼくが思うに、それを見せてもらえればいいと思うんだけれど?」

嫌みったらしい高比良先輩の物言いに、しかしユウは素直に頭を下げた。「ほんとですね。俺、見に行ってきます。鍵は事務室、でしたよね」

「僕も行きますよ」

と僕も腰を上げた。

「とにかく何でも、情報を集めてきてくれよ」

尊大な高比良先輩に佐竹先輩が食ってかかる。

「高比良ってさ、ありがとうも言えないわけ？」

「だってこれは後輩の仕事だろう？　そもそも探偵は身体じゃなくて、頭を働かせるものなんだ……」

続けようとする高比良先輩に会釈すると、僕は律儀に肯《うべな》うユウの肘をつかんで外に出た。

引き戸をそっと閉めると、高比良先輩の粘着力のある声がようやく遠ざかる。夕暮れ時の九月の空気に清涼感を感じたのは、秋の気配が近づく以外の理由もあっただろう。

僕はユウと苦笑いを浮かべながら、まず北棟一階の事務室に向かった。

＊

事務室の前には、先ほど部屋に入ってきた業者の男性が汗を拭って立っていた。

「こんにちは」

ユウがにこやかに挨拶する。男性も汗で光る頬を持ち上げた。

「事務員さんはまだ帰ってきてないんですか?」

「うん、まだみたいだねえ」

その親しみやすい声は、やはりどこかで聞き覚えがあるような気がした。思い出すより先に、ユウが答えを言った。

「あの、『ラパン』の店長さんですよね? 学校相手にも商売してるんですね」

『ラパン』は学校近くの商店街にある文房具屋さんだ。ウサギを意味するフランス語の店名らしいが、佇まいに気取ったところは無く、素朴な町の文房具屋さん、という雰囲気の店だった。文房具の他に甘味なども取り扱っていて、店先のベンチでたむろする高校生は少なくない。

ユウが話しかけるのを見て、ようやく記憶が一致した。人の好さそうなその笑みは、居心地のいい店内のレジ前に座る男性のそれだった。

ラパンの店長は、ユウの問いかけに、大福のような頬をゆるめた。

「そうだよ。実は君たちに文房具を売るより、学校から仕事を貰う方が多いんだよ。文房具だけ売ってても、なかなか厳しいからねえ。今日も、メインは多目的教室の机の廃棄だったしね」

ユウも屈託なく返す。

「なんでも屋さんなんですね。お店でも文房具だけじゃなくて、かき氷とかも売ってくれてるし。俺、ラパンで食うかき氷がほんとに好きなんですよ。もうすぐ十月だし、あれもう終わっちゃうんですか？」

一瞬、ラパンの店長は困ったように視線を遠くにやった。

が、すぐに、

「……うん。まあそうだね。終わりかな」

と、静かに微笑んだ。その表情は、喉の奥に小骨がつっかえたような違和感があった。

ちょうど若い事務員が戻ってきて、慌てて店長はごましお頭を下げた。書類のやり取りはすぐに済んだようで、ラパンの店長は深々と礼をして去っていった。

遠ざかる小太りの背中を見送って、ユウが首を傾げた。他人の機微を捉えるのが得意なユウが、先ほどの店長の様子を見逃すはずが無い。

「なんか、俺変なこと言ったかな。店長、ちょっと元気なかったけど」

ユウの疑問は、事務員があっさりと拾った。

「ラパンさんのこと？　ああ、もうすぐ店閉めるみたいだからさ」

え、とユウが大きい目をさらに見開いた。「ほんとですか？」

事務員がワックスで固めた髪を撫でつける。「急な話でね。十月には閉めるらしいよ。まったく、学校側も困るんだよね」

若い事務員は饒舌だった。その上から目線の言い回しは、引退したのに毎日部室に来る先輩のそれと同じだった。

「どの学校も、地元のなんでも屋さんと仕事をしているものなんだよ。で、うちの学校の場合、その一つがラパンさんなんだよね。ラパンさんは他の業者さんより融通をきかせてくれるし、重宝してたんだけど」

「人が好さそうですもんね」

ユウの相槌はいつも肯定的だ。

「ま、そうだね。今年はネット発注だったけど、文化祭のパンフレットの印刷なんかも、去年まではラパンさんだったでしょ？　今日だって、多目的教室の机の廃棄だってしてくれたし。だから急に『来月辞めます』って言われてもさ。学校側としては苦しいよね」

「よく分かんないですけど、生徒としては単純に寂しいですよ。だって、ラパンってうちの生徒のたまり場みたいなとこもあるじゃないですか。思い出の場所というか」

「まあ、もしかしたら、そういうのも閉める理由なのかも。ラパンさんの娘さんも今年からうちの高校に入ったし、子どもからすると自分の家が同じ高校の生徒のたまり場ってのも、気をつかうのかもね。まあ、でもやっぱり、不景気なんだろうねえ。困るなあ」

そろそろ、話を変えてもいいだろうか。空咳を一つして、僕は本題に入る。

「あの、すみません。ちょっと教えて欲しいことがありまして」

事務員は話を途中で切られ、不快そうに応じた。

「教えて欲しいこと？　何かな」

「文化祭実行委員会室の鍵の貸出簿を見せていただきたくて」

「何かあったの？」

詳細を伝えるべきか迷っていると、ユウが快活に答えていた。「実は、昨日納品された文化祭のパンフレットが、別のところに移動されてまして。誰がやったのか、確認しようと思って」

こういうことに興味を示すのは、高比良先輩だけではなかったようだ。事務員は目を輝かせて踵を返すと、事務室からノートを手にかけ足で戻ってくる。大学ノートの表には、「鍵貸出簿」と表記があった。

「昨日鍵を返したのは……ああ、君だね。それ以降、今日貸し出しがあったのは……」

僕はスマートフォンで写真を撮る。今日、鍵を借りたのは三名だった。
・1：09～1：18　三年三組　森　聡志
・3：30～3：39　一年二組　兎丸　怜菜

・4：20〜4：30　二年四組　長谷川　明日香

その後、四時四十分に高比良先輩が鍵を借りているが、それは今文化祭実行委員会室にある鍵だろう。

三名は全員、文化祭実行委員だった。ほとんど話をしたことはなく、顔と名前は一致しない。おそらくクラスの人に頼まれて文化祭実行委員会室に備品でも取りに来たのだろう。文化祭が間近に迫り、休み時間でも各クラスで準備を進めている。

「この時間は間違いないですよね？」

僕が尋ねると、眼鏡の奥でにやりと事務員が笑った。

「まるで探偵だね。そういうのに憧れる年頃なのかな……。で、回答はイエスだよ。受け渡しは私がしたからね。いつも私は腕時計の文字盤通りの時刻を告げて、書いてもらってるから。分単位では、間違いは無いと思うよ」

事務員は左手を持ち上げた。今日日《きょうび》、スマートウォッチで得意満面の笑みを浮かべられても、反応に困ってしまう。「スマートウォッチ、いいですね。やっぱり使い勝手いいですか？」とにこにこと応じられるのは、きっとユウだからだ。

「それ以外に、何か気になったこととかは？」

僕が尋ねると、事務員は首を横に振った。

「特にないね。そもそも、パンフレットの入った段ボールって五箱くらいあったんじゃないか？　ええっと、それがどこに移動していたんだって？」

「ゴミ集積場です」

と、今度はユウが答える。「ほら、校舎の裏手にあるじゃないですか。さっき、俺がそこにあるのを見つけたんです」

事務員は、ああ、と思い出すように眼鏡のフレームを人差し指で撫でた。

「……うん、なるほど。けど、おかしいな」

「何がおかしいんです？」

「だって、今日ゴミ集積場に行った生徒は、いないはずだよ」

「どういうことですか？」

ユウが素直に問いかける。事務員は、ほら、と僕たちに事務室の奥の方まで見えるように身体をずらした。事務室の奥には窓があって、窓からは細い通路を挟んでフェンスが見える。

「事務室の奥に窓があるだろう？　校舎の裏手に行くには、あの窓の前を通るしかない。今日あの窓の前を通ったのは、五時頃の君たちだけだよ。あの時間帯に、段ボールを見つけて、回収したんだろう？」

「はい。……え、でも、あれ？」

ユウは戸惑って、僕を振り返る。ユウが戸惑うのも無理はない。少なくとも僕たちが見つける前に、誰かがそこを通って段ボールをゴミ集積場に運んだはずなのだ。

僕は思いついたことをそのまま尋ねた。

「単純に、事務員さんの見落としっていうことは？」

「それは百パーセントないね」

ここまではっきりと否定されるのは、予想外だった。僕が眉を顰めたのを見てとって、説明を始める。

「見れば分かると思うけど、あそこはカーテンを引いてない。窓も開けて網戸になってる。それには理由があるんだよ」

「どういうことですか？」

と僕は尋ねる。

「つまりね、昇降口を出て、校舎裏に行く通路はここの一つだけだ。で、校舎裏ってのは、生徒が行くと大抵ろくなことにならない」

事務員はくいと眼鏡を持ち上げる。

「うちはこれでも進学校を自称してるくらいだから、煙草やお薬のような問題は少ないさ。けど、数か月前に『男女が校舎裏で密会をしていた』っていう優しい近隣住民からの通報があってね。『いかがわしい行為をしようとしていた』ってさ。それ以来、監視が強化されたってわけ。特に生徒が二人組で行く時には、声をかけるようにしてる」

「まさかそんな大胆な」

ユウが声を上げて笑い飛ばした。「もしそんなこと敷地内でしてたら、噂どころじゃなくなりますよ。数年は語り継がれる伝説になります」

「まあ、実際なにをしていたかなんて、この際学校側としてはどうでもいいわけなんだよ。とにかく『男女が二人きりだった』と通報が入った。その事実が大事なんだ。なら、対応しなくちゃいけない。お金をかけずに済む方法は、通り道に人を置くことだ。例えば、通り道にある事務室のカーテンを開けておいて、生徒が通らないか見ておく、とかね」

「実際、それで誰かが通ったら分かるものですか？」

僕の問いに、事務員は即答した。

「正直に言うと、分かるよ。そりゃもちろん、窓の下を四つん這いで行くとかなら、分からないだろうけどさ。けど、君が今回問題にしているのは段ボール五箱だろう？　台車で持って行くにしても、抱えて運ぶにしても、さすがに気づくと思うけどね」

「台車は、どこで借りられるんでしたっけ？」

「事務室だけだね。今日借りに来たのは、君たちが段ボールを見つけて持って帰った、その時だけだよ。教師も生徒も含めてそれだけ」

「生徒も教師も台車を借りていないし、この窓の前を通っていない、と？」

「そうだね。それに台車を使えたとしても、三階から一階に降りるには、台車がちょうど入るくらいの、業務用の小さなエレベーターを使うしかないだろう？　それもこの事務室の目と鼻の先にあるけど、生徒が使っているのは見てないな」

頭を抱えたくなった。早く終わらせたいのに、これでは高比良先輩が喜んでしまうだけだ。

そんな僕の心中を知ってか知らずか、事務員は軽口をたたき続ける。

「私もここの卒業生だけどさ。そもそも、校舎裏なんてそんな誰かに見られそうなところで密会だなんて、私の頃ではありえなかったけどねえ。もっと想像力を使わないとさあ。例えば、適当な名目で空き教室を借りて、二人きりになったりね。あ、もちろんそんないわゆる『いかがわしい』ことなんてしてないけどさ……」

事務員の在りし日の伝説には興味がなかった。お礼もそこそこに、事務室に背を向ける。

「……それで、これからどうしよう？」

ユウは言いながら、頭の後ろで手を組んだ。「俺はともかく、さすがの清瀬諒一《りょういち》でも分かんないか」

とりあえず、と僕は答えた。「昇降口から、校舎裏に続く通路を見ておくか」

「お、諒一も犯人が気になってきた?」

「馬鹿言え。賭けてもいい。このまま帰っても、高比良先輩は『現場検証をしろ』とか言い出すから」

スニーカーに履き替えて、昇降口から校舎裏に向かう。

その道は幅数メートルほどのアスファルトの道だった。右手に学外との間を仕切るフェンス、左手には事務室の先ほどの窓が見える。道路の突き当たり右手に、プレハブのゴミ集積場も見えた。回収された白いゴミ袋や、大量の机が廃棄されている。道ばたにはアスファルトを破った草が生えているくらいで、不審なものが落ちているようなこともない。

「どうする? ゴミ集積場まで見に行く?」

ユウがにやりと僕を小突いてきた。「さっきは佐竹先輩と俺らの三人だったから止められなかったけど。男二人なら、事務員さんに止められるかもよ。『いかがわしい』ってさ」

「悪いけど、おれにその趣味はねえ」

「なはは。実は俺にもないよ」

「なら帰ろう。十分だ」

昇降口に戻り、靴を下駄箱に入れながら考えていた。そもそも、三階の文化祭実行委員会室から昇降口を通ってゴミ集積場に行くには、歩くと片道でも五分ほどかかる。鍵の貸し出し時間は、ほとんどが十分程度ではなかったろうか?

先ほど撮った鍵貸出簿の時間の写真を見ようと、スマートフォンを叩く。

「……」

ふと、ある箇所が目に付いた。

それはほとんど、思いつきに過ぎないもので、論理的な因果関係は皆無だった。きっと、高比良先輩ならそんな端緒から思考を進めることは、決してしなかっただろう。しかし、その切り口から話を進めると、全ての整合性が取れそうな気がした。文化祭実行委員会室でのあの光景も、そう考えると一応の説明を見るように思った。

多分、これは。

おそらく、きっと、そうだ。

「諒一?」

知らないうちに立ち止まっていた。我に返り、ユウの隣まで歩を進める。

「何か分かった?」

その黒い瞳は、僕が何かに気づいたことを悟っていた。ユウは人の感情を汲み取ることに長けている。僕が何かに気づいたことはバレているし、こいつに隠す必要もない、と判断した。

「思ったんだけど……」

僕が話す間、ユウは口を挟まなかった。推測を語り終え、ユウが呟いて、僕がそれに応じ、あるいは僕がユウに踵を返したりして、そうしたことがしばらく続いた。

「で、これからどうする？」

ユウがまっすぐな瞳で尋ねてくる。こいつはこういう奴だ、と僕はユウの方に差し出した手をポケットにしまいこみ、憂鬱な気分で薄汚れた蛍光灯を見上げた。残暑の籠る校舎、まず手始めに片付けるべき憂鬱について、僕は言った。

「とりあえず、階段上ろう」

＊

「遅いよ」

僕がドアを押して文化祭実行委員会室に戻るや、すぐ目の前の高比良先輩が粘度の高い声で迎えてくれた。時計を見るともう六時に近かった。下校時間まで三十分程度しかない。

すみません、と頭を下げながら入る。僕の後ろにユウがいないことに気づいたようだった。

「もう一人の子は?」

「事務室の前で友達に呼び止められて、話し込んでました」

「ああ、そう。まあ、彼は六組だし、どうでもいいよ」

「……はい」

「誰でもいいから、きちんと情報さえ集めてきてくれればいい。想像や思考は、ぼくにまかせておいてくれればいいんだ」

高比良先輩が言う。演技がかった表情でこきり、と指の骨を鳴らした。

「聞かせてもらおうかな。どういう状況だったのか」

すだれ前髪の奥の切れ目が嬉々として光っている。何がそんなに嬉しいのか、僕には見当も付かない。事務員さんにしてもそうだ。思考力があるとか想像力があるとか、それらはそんなに誇れるものだろうか? もちろん大事なことなのだろうけれど、それだけでここまで尊大になれる理由が、僕には分からなかった。

それもまた、僕の想像力の欠如によるものなのかもしれないけれど。

「どうしたの、早く教えてくれるかい?」

「ああ、はい。ええっと、昨日鍵を返却してから鍵を借りたのは三人で……」

僕は起立したままスマートフォンの写真に目を落とし、鍵の貸出簿にあった三名の名前と時刻を報告する。高比良先輩は、僕がぼそぼそと報告する通りにホワイトボードに情報を書き殴る。違うのは、人物名を記載しなかったことだった。鍵を借りた時刻が早い者から順番に、男子生徒A・女子生徒B・女子生徒Cとしている。

「なんでちゃんと名前を書かないわけ？　森君、兎丸《とまる》ちゃん、長谷川ちゃんってさ」

佐竹先輩が唇を尖らせた。

「事実関係を判断するには、記号化したほうが理解しやすい」

「あ、そ」

佐竹先輩は諦めたように、枝毛を探し始める。『下校時刻は六時半です。校舎内の生徒はすみやかに帰る準備を始めなさい』とアナウンスが流れるそのすぐ後に、『一年二組の文化祭実行委員は、職員室の諏訪野のところに来なさい』と、相反する趣旨のアナウンスが続く。コントのようなそのタイミングに、退屈そうだった佐竹先輩の口元が可笑《おか》しそうに歪《ゆが》む。

アナウンスの終了を待って、高比良先輩は言った。

「その他に、分かってることを教えてくれないか。手短に頼むよ」

僕は望み通り、要点だけを告げた。事務室の窓を通った生徒はいなかったということ。台車を借りに来た人物もいなかったということ。校舎裏へつながる道路には不審な点がなかったということ。

高比良先輩が重々しく口を開いた。

「じゃあ、大前提をまず固めようか」

えー、と佐竹先輩が面倒そうに異議を唱える。「この三人に聞けばいいんじゃないの？　君らが段ボールを運んでいないかってさ」

高比良先輩は鼻を鳴らした。

「それで犯人が答えてくれるといいけどね。ぼくが思うに、犯人はきっと、嘘をつくと思うな」

それだったらそれで終わりにすればいいのでは、と思う。多分、佐竹先輩もそう思っているはずだ。が、どうしても犯人を見つけたい高比良先輩は、僕に向き直る。

「で、だ。鍵の貸出簿の時刻は間違いないんだね？」

「事務員さんがスマートウォッチの時刻を告げて書いてもらってるって言ってましたし、信じていいんじゃないかと」

「ふむ。鍵を借りたのは本人で間違いないのかな？」

「それは確認してません。ただ、事務員が全校生徒の顔を覚えているわけではないと思います。本人でない可能性も、確かにあると思います」

「なるほど。それから、校舎裏の道路のことだ。不審な点がない、と言ったけれど、例えば破れたフェンスがあったり、折れた木の枝があったり、そんなことまで確認したの？」

「いえ、できてないです」

呆れて頭を抱えるポーズをされるほど、落ち度があっただろうか。

「まったく、そこまで調べないとさ。どんな名探偵でも、フェアな情報がないと推理はできないよ。あれだけ時間をかけて、一体何をしてたんだい？」

僕が押し黙ると、まあいいさ、と首を振って前髪を揺らした。

「とりあえず、鍵の貸し出し時刻については確かだとして、推理をはじめてみようか。三人とも、休み時間に鍵を借りているね。男子生徒Aは昼休み、女子生徒Bは六時間目と七時間目の間の十分休み、女子生徒Cは七時間目が早く終わったってところかな」

僕の伝えた話の中で信じられるのは、その一点だけらしかった。その他は疑わしいとして話を進めるようだ。全てを疑ってかかる想像力も、推理には不可欠らしい。

「まず考えるべきは」

と、高比良先輩は椅子の背に身体を預けて独りごちる。「ハウダニットからかもしれないな」

「なに？　ハウダニットって」

佐竹先輩が首をかしげると、うちわの風で首元に髪が張り付いた。高比良先輩はそのあたりをちらりと見やって、言葉を返す。粘着する声のトーンが一段階高い。

「How done it。『どうやってそうしたか』ってこと。ミステリ用語だよ。方法を考えるべきだ、っていったのさ」

ほー、と佐竹先輩は興味があるのかないのか、ゆるゆるとうちわを扇ぐ。高比良先輩の解説は早口だった。

「今回の事件はね、明らかにそれが一番の問題だよ。鍵の貸し出し時間が三人とも概ね十分ということは、五箱の段ボールを一度に校舎裏まで持って行く必要がある。なのに、台車を誰も借りていないし、業務用の小型エレベーターを使った形跡もない。さらに、事務員が犯人を見ているはずなのに、見ていないと言う。不可解だよ。容疑者を絞るには、まずは『どうやって』からとりかかるのが賢明だろうね」

「台車が使えなかったってことは、何人かで階段で運んだってだけでしょ？」

と、佐竹先輩が指摘する。

「それはもちろんそうだ。しかし仮に一人が一つ段ボールを持ったとして、五人必要になる。そんな人数で校舎裏を通ったなら……」

高比良先輩が僕に視線をよこした。ええ、と僕は頷いた。「多分、事務員に分かると思います」

「例えば、その事務室の窓の下をしゃがんで通るとかはどうだい？」

「できなくはないですけど、A3サイズの段ボールにみっちり紙が入ってますし。正確な重さは分からないですけど、これを持ってしゃがんで歩くのは結構しんどいと思います」

「なら、違うルートで校舎裏に運んだと考える方が自然だね」

「違うルートって、例えばどこよ?」

佐竹先輩の問いに、高比良先輩は答えなかった。代わりに椅子を転がして、座ったままホワイトボードの前に陣取った。そこに書き始めたのは、校舎の図だった。

この高校の校舎は大体ロの字のような形で、東西南北四つの棟がある。北棟のさらに北にある小さな長方形は、食堂などが入る特別棟を示しているのだろう。

「段ボール箱があったゴミ集積場はここだ」

特別棟の東側に、赤い四角を描く。「そして、ぼくたちが今いる文化祭実行委員会室はここ」と、東棟の一番北側に、青い四角を描く。

「これを見れば一目瞭然だ。東棟の階段は北側と南側の二つ。通常、校舎裏のゴミ集積場に行く最短のルートは、この部屋を出て北側の階段を降り、東棟一階の昇降口を出てすぐ左に折れて行くルートだ。しかし、北棟一階には例の事務室があるから、このルートは難しい。その他だとすると……」

「分かってると思うけど、特別棟からは、ゴミ集積場にいけないよ。ゴミ集積場と特別棟は隣接してるけど、フェンスで仕切られてるし」と、佐竹先輩は言う。

「分かっているよ。整理しているだけさ」

高比良先輩は親指に尖った顎を乗せた。数秒ほど考えにふけって、

「例えば、ゴミ集積場の真上にある北棟の三階から段ボールを下ろす、みたいな方法もあるよね。ロープか何か、物理的なトリックをつかって」

考えたわりには、安易だった。が、もちろんそんなことは言わない。

「安直すぎでしょ」

しかし、それを言うのが佐竹先輩だった。いつものハスキーな声色が、さらに低音でかすれている。「三階分の長さのロープって何メートルよ。しかもそれを、ちょうどゴミ集積場の前に下ろすって。そもそもロープはどこで用意すんのよ」

「……それはまあ、この棟のどこか、職員室とか？」

職員室はこの東棟の二階の南側にある。もちろん高比良先輩の言う方法もあるのだろうが、職員室にロープを取りに行けば理由を聞かれるだろうし、わざわざそんなことをするわけはないと思う。高比良先輩も自分の論が脆いことにすぐに気が付いたのか、直ちに言い直した。

「職員室はないね、うん。それより、この部屋の隣の多目的教室なら、どうかな。近くだし、大抵のものはあるだろう？」

「あるかもしんないけどさ。多目的教室も鍵がかかってるでしょ」

「今日はラパンさんが多目的教室の整理をするって、さっき事務員さんも言ってたからね。開いてたんじゃないのかな」

「ラパンさん？　ああ、さっきこの部屋に来てたおじさんて、そういえばラパンの店長さんか」

「いわゆる、学校のなんでも屋さんだね。うちの部の同人誌の出版も、お世話になったことがあるよ」

「それはおいておいてさ。仮にロープを使って段ボールを下ろしたとしてもだよ。どうやって段ボールからロープを外すの。大体……」

「分かってる、困難なのは分かってるさ。ただ、可能性を列挙しようとしただけで」

高比良先輩は苛立ちの混じる口調で遮った。しかし、その行動が自らが描く名探偵の像とは乖離していたのだろう。顎の汗を拭って、またもとの妙に粘着性のある口調に戻る。

「まずとにかく想像するのが、ぼくのやり方なんだよ」

「あーはいはい」

「まあ確かに、三階からロープで下ろすというのは、君の言う通り少し難しいだろうね。校舎裏に行く時間は短縮されるかもしれないが、段ボールをロープにくくるのも、なかなか時間がかかるだろうし」

「なら、あたしの『想像』を言っていい？」

佐竹先輩が投げやりに言葉を差し込んだ。まるで購買の行列に何食わぬ顔で割り込む生徒のように、変に堂々としている。「まず犯人は五人組。一人が鍵を借りに行って、三階の文化祭実行委員会室に戻る。一人一箱段ボールを持って、特別棟の方に行く」

「特別棟とゴミ集積場はフェンスで仕切られてるだろう？」

子どもをあやすような高比良先輩の薄ら笑いに対し、佐竹先輩は特別明るく笑いかけた。

「仕切られてるけど、どっか破けてんのよ、多分」

「は？」

間の抜けた、高比良先輩の表情。佐竹先輩は笑いかけたまま言う。

「その破けたとこを通って、ゴミ集積場に段ボールを置いた。で、この部屋の鍵をかけて鍵を返した。これなら、事務員にも見られない。時間も十分くらいでもいけるんじゃない？」

「いやいや……。フェンスのどこかが破れてるって、一体どこが？」

「さあ？」

あのね、と高比良先輩が苦々しげに告げた。「それは全然推理じゃないよ」

「けど、可能性はあるでしょ？　清瀬もフェンスまで確認してないんだからさ」

「それは」

高比良先輩が細い目で僕を睨んで「そうだけど……」と恨めしそうに唸った。

「なら、高比良が今から確認してきてよ。あんたが帰ってきた頃には、あたしと清瀬は帰ってると思うけど」

ね、と佐竹先輩は片目を閉じて僕に微笑みかけた。『こんな馬鹿なことに付き合わないで、さっさとずらかろう』とその目は語りかけていた。佐竹先輩らしい機転の利かせ方だった。相手はいつの間にか、佐竹先輩のペースにはまってしまう。そして佐竹先輩のペースにはまれば、大抵抜け出せない。

いつもの僕なら、苦笑いで応じていただろう。

目を伏せて、僕は言った。

「……いや、どうでしょうね。フェンスが破れてるってのは、ちょっと。可能性としては、低いような」

「え」

佐竹先輩が声を上げる。僕は自分の足元を眺めたまま、

「高校生が一人通れるくらいフェンスが破れてたら、さすがに遠目でも分かるんじゃないかと。だからやっぱり、その、違う方法なんじゃないですかね」

「……」

佐竹先輩からの返事はない。

「まあ、普通に考えればそうだろうね」

高比良先輩は思いがけない援護で元気になったようだった。「で、君は何か思いついているのかな？」

どこからか、女子生徒の大きな声がした。僕はそれに被せるように、

「いや、全然分かんないんですけど。ただ、ちょっとなんでかな、と思うことはあって」

「なんだい？」

「どうして、段ボールの蓋にあたる部分がガムテープで閉められてたのかなって」

「ガムテープ？」

僕は机の上にある段ボールを指し示した。開けられた段ボールが五つ、そしてその傍には剝がされたガムテープがある。ゴミ集積場から段ボールを持って帰ってきた後、僕たちは蓋を閉じていたガムテープを剝がして、中身を確認した。

「昨日納品された後、段ボールの蓋を開けて、そのままにしてたじゃないですか。なのに、今日持って帰ってきた時、段ボールの蓋はガムテープで閉まってた」

「だから？」

という高比良先輩の威圧的な問いかけに続く、佐竹先輩のやわらかい応対は対照的だ

った。同じ地域で同じ年に生まれて、同じ高校に通い、どうしてこういう差が付くのだろう、と不思議に思う。

佐竹先輩は首を傾げて、

「うーん、なるほど。確かに変だね。どうせゴミ集積場に持って行くのに、なんでわざわざ蓋なんてしたんだろうね。ガムテープまで使ってしっかりと蓋をするってのは、ただ運びやすいからそうしたってだけじゃ、ないのかもね」

「運びやすい以外に理由があるとしたら……中身を見られたくなかった、とかだろうね。中身を見られたくない状況ね。うーん、例えば……」

高比良先輩は、顎を親指に乗せてみせる。考える時にはこのポーズをする、と決めているようだった。

想像力を駆使して理性的になるべきだ、と彼は説いていた。わざわざこのポーズをすると決めているのも、彼の理性ということなのだろうか。

例えば、と想像力豊かで理性的な高比良先輩は続けた。

「犯人が他の誰かに段ボールの移動を依頼し、依頼された人物は段ボールの中身がパンフレットだとは知らずに運んだ、といった場合がそれにあたるかな。けれど、普通に考えて、理由も無く『段ボールを運べ』と言われて、運ぶ人なんかいないだろうし」

「まあ、やっぱりそうですよね」

僕は少し待って、言葉を付け足した。「そんな、なんでも屋さんみたいな人、いないですよね」

急に、高比良先輩が顔を上げた。痩せた姿からは想像が付かないほど、俊敏な動きだった。

「そうか！　ラパンさんだよ！　あの業者は今日、隣の多目的教室の机を廃棄してた。それを利用したんだよ！」

「どういうこと？」

と佐竹先輩はうちわで扇ぐ手を止める。高比良先輩は早口で捲《まく》し立てた。

「犯人はパンフレットの入った段ボールを、ゴミ集積場まで運んだんじゃない。この部屋の隣の、多目的教室前に運んだだけなんだ。それをラパンさんがゴミ集積場まで運んだんだよ」

佐竹先輩は首を傾げたままだった。

「それだけで、業者さんがゴミ集積場まで運んでくれるのものかな？　だってただ部屋の前に置いただけでしょ？」

得意げに、高比良先輩は顔の前で指を振った。

「付箋さ。ほら、さっき事務員さんがラパンさんに言っていただろう？　『付箋で指示を書いて貼っている』って。きっと、いつも事務員さんは付箋で業者に指示を出すことが多いんだ。多目的教室の前に段ボールを置いて、そこに付箋を貼ればいいんだよ。『この段ボールもゴミ集積場に運んでください』ってさ。だから、事務員は気がつかなかったんだ！　なんたって、段ボールは業者が運んでいたんだから！　業者が校舎裏の通路を通っても、何ら不思議じゃないからね」

「そういえば事務員さんも、『ここを通った生徒はいなかった』って言ってただけでしたし。そういうことなんですね」

僕が補足すると、高比良先輩は満面の笑みを浮かべる。しかしすぐに引っ込めて、

「ハウダニットは分かった。問題は、誰が犯人か、ということだ。この方法なら、今のところ三人とも犯行は可能だ」

「そうかな？」

静かに言ったのは、佐竹先輩だった。

「三人じゃなくて、もう少し絞れるんじゃない？」

「どういうことだい？」

「だって、犯人は段ボールを閉めるのに、ガムテープを使ってるでしょ？　昨日まではガムテープはこの部屋になかったんだから、犯人は今日ガムテープが納品された後の時間に、この部屋の鍵を借りた生徒ってことでしょ」

佐竹先輩が手にしているのは、先ほど備品が納品された際にも手にしていた備品管理

簿のバインダーだった。立ち上がろうとしない高比良先輩だったが、佐竹先輩も立ち上がらないのを知ると、しぶしぶ歩み寄った。

ひったくるように受け取り、目を通す。

「『13時01分　ガムテープ　五つ』……。ふん、これじゃあ絞れないよ。なんせ、今日この部屋に入った三人は――」

「全員十三時以降にこの部屋に入っているんだから、って？」

佐竹先輩は先回りをした。「その備品管理簿を見て気づかない？　おかしな書き方をされてるでしょ、そのガムテープの行だけさ」

高比良先輩は再び目を通して、ようやく理解したようだった。

「……ガムテープ以外の時刻は全て、十二時間制で書かれてる」

「でしょ？　例えば、さっき納品されたマーカーも『5時』って書かれてる。二十四時間制の『17時』じゃない。もっと言えば、事務室の鍵の貸出簿もそう。事務室の鍵の貸出簿の時刻は、事務員さんのスマートウォッチによってるっていう清瀬の言葉を信じるとしたら、この備品管理簿の時刻だって、事務員さんの時計によるって考えるのが妥当でしょ。なのに――」

「なのに、このガムテープの時刻だけ、二十四時間制の記載方法だ。『1時』ではなく、『13時』と書かれてる」

「それは――」

「それはきっと、犯人が段ボールを閉めるためにガムテープを使用した後、気がついたからだ！　ガムテープが三時に納品されていることに。自分が犯人だと特定されることを恐れた犯人は、『3時』を『13時』に書き換えたんだ！」

「事務員が『さっき納品した』って言ったのも――」

「一時にガムテープを納品しておいて、『さっき』って言葉を使うのは、おかしいと思っていたんだよね、実は。三時ならまだ、話は分かるな」

自分の言葉を全て奪われた佐竹先輩は、「ま、全部想像だけどね」と最後に嫌みっぽく付け足した。しかしそれも、推理に夢中な高比良先輩には届かなかったようだった。

「ということはだよ。犯人は三時以降にこの部屋に入った女子牛徒Bか、女子生徒Cということになる。いや、女子生徒Bの方が可能性が高いか。『犯人が自分だと特定される』という心理になるのは、三時以降に初めてこの部屋に入った人物であるべきだ。……とはいえ、女子生徒Cがその工作を行わなかったとも言い切れない……」

ぶつぶつと呟く高比良先輩の声は、ふいに部屋の外から届いた女子生徒の声のために、はっきりとは聞こえない。窓の下からも、帰路につく生徒の歓声が響く。

一点の曇りもなく、楽し気な歓声だった。

僕は時計を見て、もう一言投げかけた。

「仮に、犯人がその女子生徒の二人のどちらかだったとしてですけど。そもそも本当に、女子生徒がこの段ボールを持って多目的教室の前まで五往復もできますか？　みっちり紙が入ってるし、かなりの重量だと思うんです」

高比良先輩は、鬱陶しそうに首を振った。すだれ前髪が苛々と揺れる。

「それは、今そこまで重要じゃないだろう。友人に頼むっていう手もある」

「うーん、でもこんな重いものを運ぶのを友達に頼むって心苦しくないですか？　それに備品管理簿の時刻の細工を見ても、この人は自分がやったっていうのを気づかれたくない節があります。仲間を増やして、情報が洩れるリスクを増やすかどうか……。僕ならまず、何とか自分で運べる方法を考えそうですけど」

「例えば？」

「例えば、まあ、段ボールを乗せて運べる道具をこの部屋に用意しておくとか」

「道具、道具か……」

高比良先輩は、浮遊する何かを探すように室内に視線を泳がせている。ようやく見つけ出したそれを逃さないように、彼はそっと言葉を宙に吐き出した。

「……そうか。そうか、この椅子か」

目の前に迫った解を手放すまいと、高比良先輩の口調が駆け足になる。

「今、ぼくの座っているこのキャスター付きの椅子の上に乗せて運んだんだ。犯人がこのキャスター付きの椅子をこの部屋に運び入れたのは、それが目的だったんだよ！　昨日、段ボールが五箱納品された。それを見た犯人は、自分の力では休み時間の間に多目的教室の前まで運べないことを悟った。だから、事前に台車の代わりになるものを用意しておいたんだ！

さっき六組の彼が言った話によると、この椅子をこの部屋に運び入れたのは文化祭実行委員の一年生だ。つまり犯人は――」

そこで口を切って、勿体ぶって息を吐く。

犯人は、と高比良先輩は言った。

「三時以降にこの部屋にきた一年生、女子生徒Bが犯人だよ。――これが、事件の真相だ」

これが真相だよ、と噛みしめるようにもう一度言った。

高比良先輩は、満足げに背もたれに身体を預ける。「安楽椅子探偵の安楽椅子をトリックに使うなんて、なかなかやるじゃないか」と、よく分からないところに感動しているようだった。

電気の点いていない室内に、深い群青色がじりじりとにじり寄っている。下校時間が迫っていた。

佐竹先輩がぽつりと呟いた。

「でも、なんで兎丸ちゃんはそんなことをしたのかな？」

「兎丸？」

と、高比良先輩は眉を顰める。

「女子生徒Bよ」

「ああ。……さあねえ？　まあ、思春期の子にありがちな、衝動的な理由じゃないかい？」

どうでもよさそうに、高比良先輩は嘯《うそぶ》く。この安楽椅子探偵は、犯人だけが気にかかり、動機はどうでもいいようだった。

多分、と僕は低く言った。あくまで、佐竹先輩に納得してもらうためだ。

「ラパンの店長さんの娘さんなんじゃないですかね、兎丸さんって」

「そうなの？」

と佐竹先輩が驚く。「どうして分かるんだい？」と高比良先輩がとりあえずといった風に言う。

「事務員さんが、『ラパンの娘さんは今年からうちの高校だ』って言ってましたし。それにラパンの意味って――」

そこまで言って、佐竹先輩も気づいたようだった。

「フランス語で『兎』だっけ。ラパンって」

店名を自分の名字に関連のあるものにする、というのは、珍しくないように思う。

「ラパンさん、もう店閉めるみたいなんですよ。兎丸さんはもしかしたら、それに対して思うところがあったのかもしれないです。このパンフレット、今年からネット発注になったでしょう？　ずっとこの高校の活動を陰ながら支えてきたのに、こんな簡単に切り捨てられるのか、とか」

分からないですけど、と僕は濁した。実際に、何も分からないのだ。分かるのは、分かろうとしているのは――。

重くなりつつあった沈黙を、簡単に高比良先輩が総括した。

「まあ、現実は往々にして生々しいものさ。家庭の事情なんて、ぼくたちにどうしようもない」

どうしようもない、と彼はもう一度満足そうに言った。時計を見やって、慌てて帰宅の準備を始める。自分の酔狂のためにこんな時間になったということは、頭に無いようだった。

まったく、この人ときたら。

バッグに筆箱を詰め込む小さな背中を見下ろす。すぐに顔を上げて、サイダーのボトルを手にとり群青の空を見やった。窓ガラスに映る自分の姿で、自らの笑みがこぼれているのを知る。それは自分でも情けないほど、高比良先輩への侮蔑《ぶべつ》が含まれている笑みで、しかしそれもまあ仕方ないことだ、と――。

「――」

サイダーの蓋を一度緩め、しかしすぐに逆に回した。今欲しいのは、炭酸の爽快感ではない。

窓ガラスには、凍り付いたような僕の顔が映し出されていた。

＊

夕日は山際でしぶとく粘っているが、まもなく沈むだろう。電気が点いていない室内に、夕闇が急速に忍び寄る。

「そろそろ出ませんか」

僕が促すと、佐竹先輩は喉の奥で笑った。言うべきことを押し殺した、意味深な笑みだった。パイプ椅子に腰掛けるその表情は、薄暗い室内ではほとんど見えない。「えー、いいじゃん。帰っても、あたしは勉強するだけなんだよ？　休憩、休憩」

「ここで休まなくても」

「なに。そんなにイライラして、どうしたの」

「別に、何も。……さっきの高比良先輩の話で不満でもあったんですか？」

諦めて尋ねたが、まさか、と彼女は軽く首を振った。「ぜーんぜん。不満なんてないよ。さすが高比良って感じだね。よくあそこまで辿り着いたなって感心したくらい。やっぱり、想像力って大事なんだね」

高比良先輩は持ち前の想像力を駆使し、ことの成り行きを特定した。そして『これが事件の真相だ』と堂々と宣言した。

本当に、それが真相だっただろうか？

「……」

そうですね、と僕は佐竹先輩の言葉に短く応じた。

佐竹先輩は窓際で佇む僕に顔を向けて言った。「それよりさ。キミ、何を企んでたの？」

「え」

「気づかないとでも思ってた？」

「お見通しですか」

彼女は足を組み替える。細身のシルエットは、気だるげに頬杖を付いていた。

「何も見通してないよ、あたしは。ただ、気がかりなことがあったから」

「気がかりなこと？」

「キミがいつもと違ったから」

「そうですか？」

「とぼけないの。さっき、高比良のご高説から逃げようと適当に話を付けてあげたのに、キミは全然乗ってこなかったじゃない。あたしの意図に気づかないほど、清瀬は馬鹿じゃない。なんかあるって、そりゃ思うってば」

佐竹先輩は、僕のことを買いかぶっている節がある。僕はそんな大した人間ではない。本当につまらない人間だと思う。

謙遜ではなく、そう思う。

「それで、ふと今日の出来事を思い返したら、そういえば変なことがあったなーって気づいたわけ。アナウンスだよ。ほら、キミがこの部屋に帰ってきた後に流れた諏訪野先生のあれ。『二年二組の文化祭実行委員は、職員室の諏訪野のところに来なさい』ってやつ」

佐竹先輩が天井に向けていた視線を僕に戻す。外に跳ねた彼女の髪が、ぴょんと飛び上がった。

「下校のアナウンスが流れてるような時間だったのに、諏訪野先生は一体何の用だったんだろうね」

「さあ」

とぼけてみたのは、佐竹先輩がどうやって気づいたのか知りたかったためだ。その様子を見て、彼女の声は愉快げに上擦る。

それからもう一つ、と佐竹先輩は言った。

「キミさ、事務室での聞き込みから帰ってきた時、なんで南側のドアから入ってきたの？」

「……そうでしたか？」

「そうだよ。そっちの開き戸を押して入ってきたじゃない。いつもそのドアの近くに陣取る高比良に、間近で嫌みを言われてたでしょうが」

「……」

「北棟の事務室で聞き込みをしてそこから帰ってくるなら、東棟の北側の階段を使って、北側の引き戸で入ってくるのが普通でしょ。なのにキミは南側の開き戸を開けて入ってきた。南側の開き戸から入ってきたってことは、南側の階段を使ったってことだろうね。この棟の南側のどこかで、用事があったのかな？」

「一階は昇降口と空き教室ですね。三階は多目的教室。特に何も、用事なんてそんな」

「二階の南側は職員室、でしょ」

すっと遮られた。「キミ、職員室に行ってたんじゃないの？」

さて、と彼女はわざとらしく、親指を顎に当ててみせた。高比良先輩のくせを真似しているのだろう。

「よく分からないタイミングで職員室からの放送があって、なぜかそれは清瀬が職員室から帰ってきたすぐあとだった。諏訪野先生の放送の内容は、一年二組の文化祭実行委員を呼びだすためのもの。そして、一年二組の文化祭実行委員は……」

「兎丸さんですね。ラパンの娘さんの」

次に来る言葉を先に口にすると、佐竹先輩は愉しげにかすかな笑い声を沈めた。

そういえば、あのアナウンスが流れた瞬間も、同じように愉快そうだった。先ほど佐竹先輩は、僕が彼女の機転に乗り気でなかったから不審に思った、という風に言っていたが、事実は違うのだろう。アナウンスの時点で既に、僕が何かを企んでいると感づいていたに違いなかった。

「そして、その兎丸ちゃんが今回の騒動の犯人だった。そりゃさ、ここまでいろいろ重なれば、清瀬が何かを企んであのアナウンスを諏訪野先生にさせたんじゃないかって、推測したくなるって」

どうだろう、と思う。少なくとも、高比良先輩は気づかなかった。

佐竹先輩は首をかしげて問うてきた。「でさ。キミは諏訪野先生を使って兎丸さんを職員室に呼んで、何がしたかったの？」

佐竹先輩の顔が実際には見えなくても、僕には容易にその表情を見通すことができた。かまぼこ形になったいたずらっ子のような目と、頬に縦に入るえくぼ。

学校前の道路には、下校する生徒を迎えに来た車が並んでいる。ブレーキランプが血のように滲んでいた。その隣を、大急ぎで救急車が駆け抜けていく。

「ユウが」

と、僕は救急車のサイレンが聞こえなくなるのを待ってから、口を開いた。

「ユウが僕に頼んできたんですよ。事務室に行った後に」

僕とユウが、校舎裏の通路から昇降口に帰ってきた時のことだ。

僕は今回の騒動の顚末について、自分なりに納得できる答えが出ていた。つまり、一年二組の兎丸さんが、業者を使ってパンフレットを持ち出したのだろう、と。

きっかけは単純だった。先ほど高比良先輩に述べたのがそれだ。『兎丸』という名字と『ラパン』という店名が引っかかったのだ。しかも、ラパンの店長の子どもがうちの高校に通っているらしい。そこから辿ると、パンフレットを運ぶ方法に思い当たった。多目的教室の机の廃棄の日時も、事務員が普段付箋で指示していることも、業者の娘なら知っているだろうし、と。

ユウにその僕の推測を告げた後、ユウは言ったのだ。

「会いに行こうかなあ」

「へ？」

「俺、兎丸さんに会いに行ってくるよ」

慌てて僕はユウを止めた。会いに行って、一体何をするというのか。

ユウは平然と答えた。

「話を聞こうと思って」

「話を聞く？」

だめかな、とユウは気恥ずかしげに、頭のうしろに手をあてている。そのあまりに実直な仕草に、僕はもごもごと舌の上で言葉を転がした。

「だめじゃないけど……。多分、おれらがどうこうできることじゃないと思うぞ」

「もちろんそうなんだけどさ。俺にできることは、やりたいだろ？　できることなんて、話聞くことくらいだろうし。兎丸さんも、本当は誰かに話したいんじゃないかなあ？」

黙りこくっている僕を尻目に、ユウは何かを思い出したように声を上げた。

「あ、でもさ。会いに行くって言っても、急に教室に行って呼び出すのは、さすがにまずいよな？　異性の先輩が急に呼び出して、変な噂が立っても、兎丸さんに迷惑かかるよなー。な、諒一。どうしたらいい？」

会いに行くのは、決定事項のようだった。

サックスは文化祭実行委員会室でも聴こえた曲を、まだ演奏していた。『想像しろ』とその曲で彼は繰り返すが、一体彼が何を求めていたのか、音楽に詳しくない僕にはよく分からなかった。愛と平和、そんなものを願っていたと、聞いた記憶はある。

しかし、最期は想像力の逞しいファンの凶弾に倒れたはずで、そうして残ったのは、それでも『想像しろ』と繰り返す彼の歌声だけだ。

想像力とは素晴らしいものなのか、はたまた空しいものなのか。

視線をユウの足元へ落として、僕は言った。

「……なら、こういうのはどうだ？　先生の誰かに、適当な理由をつけて兎丸さんを呼び出してもらう。そこをお前が捕まえる」

「そんなこと、先生がやってくれるかな」

「諏訪野先生なら、やってくれるさ」

基本的に生徒の言うことを聞いてくれる諏訪野教諭なら、こんなお願いも聞いてくれるだろう。

「なるほど。うーん、けど、それからどこで話を聞こう？　多分、人に聞かれて気持ちいい話じゃないし、いい場所ってあるかなあ？」

「それは、さっき事務員さんがいい方法を教えてくれたろ」

僕は踵を返すと、事務室に向かった。先ほどの事務員に、文化祭実行委員で着ぐるみの試着をするから、更衣のために部屋を貸して欲しい、と告げた。事務員はにやにやしながら、すぐに手続きを済ませてくれた。

彼は僕に多目的教室の鍵を手渡す際、「羽目は外しすぎないでね」と、香水の匂いをまき散らしてウインクをした。僕も無理矢理頬を捻《ひね》りあげて応えた。この人もまた、想像力を信奉していた。残念ながら、今回はその想像は外れたことになる。多目的教室でなされるのは、彼の思うそれよりもっと生々しく、切実なことだ。

僕はユウに多目的教室の鍵を渡すと、手をポケットにしまって言った。

――とりあえず、階段を上ろう――。

僕が一通り説明すると、薄闇の中で佐竹先輩は黄色い感嘆の声を上げた。

「じゃあさっき、高比良が推理している時、隣の多目的教室にはユウ君と兎丸ちゃんがいたんだね。時々女の子の大きな声がしてたのもそれ？　へえ、なるほどなあ。なんというか、さすがユウ君だね」

「……ですね」

視線を落とす。

高比良先輩は持ち前の想像力を駆使し、ことの成り行きを特定した。そして「これが事件の真相だ」と堂々と宣言した。

本当に、それが真相だっただろうか？

違う、と僕は思う。

高比良先輩は持ち前の想像力を駆使し、ことの成り行きを特定した。『そして、高比良先輩は何もせず、ユウは彼女を救おうと行動した』

それこそが、真相ではないのか？

「……高比良先輩ができたのは、想像だけですよ。事実を薄っぺらいホワイトボードに書き連ね、そこから思いついたことを口にしただけ。現実は生々しいとか宣《のたま》いながら、『犯人はお前だ』のその後、泥濘《ぬかる》んだ現実に一歩たりとも足を踏み入れていない」

ユウは違う。

ユウは現実に彼女を救いたいと願い、会いに行った。会って、話をした。

「ユウは行動した。行動まで含めてこその、真相でしょう？」

想像力や理性だけでは、何も救えない。安楽椅子に座って登場人物を女子生徒Bと記号で見なすだけでは、彼女の真の声を聞くことなどできはしない。

多くの人が、理性や想像の力を過信している。理性に支配されてできることといえば、指に顎を乗せるポーズを選び取る、あるいは女子生徒と密会するのに校舎裏ではなく空き教室を使う知恵を働かせる、その程度のことでしかないのに。

想像だけ膨らませても、空虚に撃ち抜かれるまで、痛みを感じる術は無い。

「ユウは高比良先輩と違って行動した。それが全てだと思うんです。いくら想像力があっても、安楽椅子に座っている彼には、彼女は救えない」

「ふーん。だからキミは、高比良に最後まで推理させたわけね？」

何も言えなかった。

そこまでお見通しだとは、思わなかった。

先ほど、僕が高比良先輩の推理を手助けした理由は単純だった。

彼が犯人に気づいた後どうするか、見届けたかったのだ。犯人を突き止めて、それで満足するのか、それともユウのように行動に起こすのか。

高比良先輩は犯人を突き止めた後、やはり何も行動しなかった。簡単に兎丸さんを見限った。ユウは救おうと行動を起こし、自分はそうしていない、その違いを彼は自覚していない。

僕が黙っていると、佐竹先輩は何度も頷いてみせた。

「ま、キミもなかなか腹黒いよね。高比良に行動力が無いことをせせら笑ってた、ってわけね」

「高比良先輩があまりにもユウを馬鹿にするから、少し腹が立って。お前はどうなんだ、って思ったんです。まあ行動力がないのは、もちろん僕もそうなんで、高比良先輩のことを馬鹿にはできないんですけど」

「大体みんな、そんなもんよ。何を自虐的になってるんだか。……それに、清瀬は高比良とは違うでしょ。少なくともキミはユウ君に託した。高比良はユウ君を信じないで、キミはユウ君を信じた。それは大きな違いだよ」

佐竹先輩の口調は投げやりだった。苛立っている僕を思ってあえてそうしているのだ、ということは十分に伝わった。

薄暗い室内に、彼女の声がやけに感傷的に響いたせいだと思う。僕の口から、言うつもりのない言葉まで、零れてしまっていた。

あるいは、と僕の口は動いた。

「……あるいは、だからこそ僕はユウと一緒にいるのかもしれないですね」

僕が愕然としたのは、その一点だった。

僕がユウと仲良くしている、その理由について。

ユウは優しく、実直だ。恐ろしいほど深みのある人間で、さらに行動力も兼ね備えている。まさに僕の憧れに近い人物だ。僕がそんなユウの隣にいたいと思うのは、なぜだろう?

幼なじみだから。目が離せない無垢さも持ち合わせているから。漠然とそう思っていた。

しかし、本当にそれだけだろうか?

そんなユウを手助けすることで、自分もユウのような人間になった気でいなかったか? 本当は想像しかできないくせに、ユウと一緒にいることで自分も行動力のある人間になったつもりではなかったか?

逆に言えば。

自分がユウと同じ側の人間であると思い込みたいがために、ユウの傍にいようとしているのではないか？

窓ガラスに映る自分の軽薄な笑みを見て、そう思ったのだった。

佐竹先輩は、さすがに聡《さと》かった。

思いがけず漏れた僕の一言で、全てを悟ったようだった。

「違うよ、清瀬」

いつもは飄々《ひょうひょう》としている佐竹先輩の、初めて聞くきっぱりとした否定だった。

「それは絶対に違う。キミは打算的な理由で、ユウ君といるんじゃない。キミは単純に優しいだけなんだよ。七月の生徒会長選挙でも、部活の引退リレーでも、夏合宿でも、中学生の時の合唱コンクールでもそう。キミはいつも優しくて、だからこそ真っすぐすぎるユウ君を支えてあげたいだけなんだよ」

「僕は別に、何も――」

「してたよ！　きちんとしてた。探偵みたいに、ただ推理をして自分の見たい結論だけを求めたわけじゃない。キミがしていたのは、落としどころを見つけることだよ。キミは人と人との摩擦を、どうしても見逃せない」

「そんなことは――」

「あるってば！　いいから聞いて。……そんなことある、あるんだよ。キミは否定するだろうけど、人間同士の摩擦を許さないキミのその態度はね、十分に優しさと呼べるものだよ」

彼女はおもむろに立ち上がって、僕に歩み寄る。地上から届く街灯の光の余韻が、ぼんやりと部屋を照らしていて、彼女の表情の陰を濃くした。

ねえ、と。その声の色は夕闇のように深い。

「キミはいつも必死に行動しているのに、そのくせいつもどこか哀しそうだよね。何かが腑に落ちていない態度でさ。決定的で致命的な何かが、足りてないみたいに」

彼女はそこで間を置いた。開け放った窓からは蟋蟀《こおろぎ》の鳴き声。佐竹先輩は、言葉を丁寧に選んでいる。

「あたしがさ、あたしがね。知りたい真相は、そういうことなんだよ。高比良にとっての真相は、事件の犯人が誰かっていうことだった。キミにとっての真相は、さらにその上で行動して現実をどう変えるか、っていうこと」

一息ついて、

「……あたしにとっての真相は、あたしの知りたいことはキミは本当は何を思って――」

遮るように、僕のポケットのスマートフォンが震えた。

電話はユウからだった。

佐竹先輩に背を向けて、スマートフォンを耳に当てる。

『諒一、お疲れ様ー。いまどこ？』

ユウの人を安心させる声が、電話口から聞こえる。

「まだ、文化祭実行委員会室にいるけど」

『そっかあ。まだ仕事ある？』

背中に佐竹先輩の視線を感じつつ、

「いや、もう帰るよ」

『今、昇降口の前にいるし、一緒に帰ろうぜ』

窓から昇降口を見下ろす。夕闇の底に、男性のシルエットが見えた。こちらの姿に気づいたのか、その影が大きく手を振った。右手のスマートフォンの光が揺れる。全てを灰色に包む夕闇の中で、藤堂夕介《とうどうゆうすけ》の持つその小さな光だけが、唯一確からしく光っていた。

『やっぱり諒一の言った通り、犯人は兎丸さんだったよ。さすが諒一だなあ』

さすがだよ、とユウは電話越しにさざ波のように繰り返す。寄せては返す鼓膜の振動が、驚くほど心地がよかった。

「ユウ」

三階から呼びかける声が、夕闇の底に墜ちていく。

呼びかけておいて、続きの言葉が出ない。問うまでもなく、ユウはきっと兎丸さんを救ったのだろうと自分が確信していることに、僕は気づいた。

それは確かに僕の想像に過ぎなかった。しかしそれは想像という言葉以上の硬度を持っているように思えた。空虚な想像も、ユウが介在するだけでこんなにも中身の詰まったものになる。

そのユウが「さすがだ」と評する清瀬諒一は、本当に、決定的で致命的な何かが足りない存在なのだろうか？

想像しようとして、すぐに止めた。

想像力とは素晴らしいものなのか、はたまた空しいものなのか。

夕闇の中で、ユウの持つスマートフォンの明かりが一番星のように静かに瞬《またた》いている。

それだけで十分だ、と僕は思っていた。

解説

千街晶之（書評家）

不可解な謎があれば、どうしてもそれを解きたくなるのが人間の性というものであり、だからこそミステリというジャンルはこんなにも人気を誇っている。とはいえ、謎が解ければ、物語はそこで終わるのだろうか。

それで構わない、というスタンスは当然あるだろう。だが、そこで終わりにしたくない、謎を解くという行為の背後にある人間の想いを掘り下げたい——と考えるタイプもおり、本書『その意図は見えなくて』（二〇二二年六月、双葉社刊）でデビューした藤つかさは、そちらのタイプに属する書き手である。

著者は一九九二年、兵庫県生まれ。《ミステリマガジン》二〇二四年三月号掲載のインタヴューによると、ミステリに親しんだのは小学生の時にTVアニメ『名探偵コナン』を観たのがきっかけで、中学に入ってから初めて書籍で読んだミステリはアガサ・クリスティーの『アクロイド殺し』だった。米澤穂信の『氷菓』を読んだのもこの頃だという。

中学では野球、高校では陸上に打ち込んでいた少年時代の著者が、小説を書きはじめるきっかけとなった出来事があった。《デイリー新潮》二〇二二年十一月五日号掲載のインタヴューによると、中学最後の野球の試合で著者のミスのために負けてしまった時に自軍のエースが「ほんまにごめんな」と泣きじゃくりながら頭を下げたのを見て、「胃をさびた刃物で貫かれたような痛みが走りました。／――私がしっかりサイン変更を覚えていれば。もし、サインを出す指の数が1本違っていれば。そうすれば、彼はこうして泣いてはいなかった。自分の選択した指1本分の差で、こんなにもがらりと出来事の結果が変わってしまう。／今思うと当たり前のことですが、当時はその事実に慄然としたのです。私も泣きましたが、何の涙だったのか今でも分かりません。／それ以来、私は自己や他者について、ふとした折に考えるようになりました。小説を書き始めたのも、その頃からです。この感情を何とか言葉で整理したいという思いでした」という事情があったらしい。

その後、小説の執筆を続け、二十五歳の時に初めて応募した新人賞である第十五回ミステリーズ！新人賞の最終選考に残った（藤司名義の「棚頭の傀儡《くぐつ》」）。しかし翌年にも同賞に応募したところ最終選考の手前で落ちたため、より出来が良かったと思われる最初の応募作のうち選考委員に批判された部分を徹底修正し、別の賞に送った。それが、二〇二〇年に第四十二回小説推理新人賞を受賞した「見えない意図」（初出《小説推理》二〇二〇年八月号）であり、本書では「その意図は見えなくて」と改題されて第一話となっている（なお、雑誌掲載版と本書収録版とでは、学校名や教師の苗字といった固有名詞が異なっている）。

　小説推理新人賞は例年、選考委員による議論の過程が《小説推理》に掲載されるのだが、第四十二回の場合、コロナ禍対策として選考委員（この年は大倉崇裕・長岡弘樹・湊かなえ）が書面で選評を提出して受賞作を決定した。そのため選考の過程がよくわからないのは残念だが、同号掲載の編集部による文章に「『見えない意図』は高校を舞台にしたいわゆる日常の謎で、読みやすい文章と発想の意外性が評価された」とあるように、学園もの＋「日常の謎」という、米澤穂信以降の流行に連なる作風を示している。

　物語は、八津丘高校の生徒会室で始まる。「僕」こと二年生の清瀬諒一を含む選挙管理委員の面々は、先ほど終わったばかりの生徒会長選の投票結果に当惑していた。立候補したのは、生徒からも学校側からも信頼が篤い二年生の氷室のみ。すんなり選ばれるかと思いきや、蓋を開けてみると異様なほど白票が多かったのだ。教師の諏訪野は、この件が不正選挙かどうか判断する審議の議長に三年生の鴻巣を指名する。だが、彼女は名探偵気取りで推理を披露しはじめた。

　高校の生徒会長選挙の過程にまつわる疑惑を解明する「日常の謎」ミステリ……といえば、米澤穂信の「古典部」シリーズの短篇「箱の中の欠落」（『いまさら翼といわれても』所収)を想起するミステリファンも多い筈だ。米澤を尊敬する(ミステリーズ!新人賞に応募したのも米澤が選考委員だったからだという)著者なりのオマージュの意図だろうか。それはさておき、この作品では鴻巣がいかにも名探偵然と振る舞い、シチュエーションが密室であると指摘したりもするのだが、真相に到達するのは別の人物である。いや、正確に言えば二人の人物だが、彼らが真相に至った経緯は異なっているのだ。その二人の思惑が意外な構図として浮上するあたりに、この作品のユニークさが存在する。

さて、小説推理新人賞は短篇小説の公募新人賞だが、第二十九回受賞作の湊かなえ「聖職者」を含む連作短篇集『告白』が大ベストセラーとなったこともあって、受賞作を連作短篇集の一篇として組み込んで刊行することが多いようだ。本書もその一例だが、必ずしも全篇の語り手が清瀬ではない点が特色と言える。例えば、第二話「合っているけど、合っていない」(初出《小説推理》二〇二一年六月号。「50グラムは重いのか」を改題)の語り手は、清瀬の陸上部の後輩・染谷だ。「合っているけど合っていない、とボクはいつも思う」という彼の述懐から始まるのだが、何のことかというと、陸上競技が心温まるチームスポーツだという多くの人のイメージは合っているけど合っておらず、数字がすべてである——というのが彼の信念なのだ。そんな彼は二カ月前、清瀬とともに、男子陸上部の部室が荒らされていた事件の発見者となっていた。その件は不審者の仕業ということになったが、二カ月経った今、染谷は犯人の名を口にする……。

染谷は自分では推理によって真相を射抜いたつもりだったが、後にある事実を知る。それは、彼の高慢な信念さえも揺るがすものだった。「合っているけど、合っていない」というタイトルが別の意味に反転する構成が鮮やかである。

第三話「ルビコン川を渡る」（初出《小説推理》二〇二二年二月号）は、再び清瀬が語り手の立場となる。清瀬たち陸上部の面々は、近隣の高校の合同合宿に参加していた。相部屋は強豪校の坂井川高校だが、成績の悪い一年生の新島はエースの明神にたびたび叱責されていた。その夜、清瀬は新島が姿を消したと知らされる。

その謎については（三年生の佐竹優希の助けを借りつつも）理知的に解明した清瀬が、そのあとに起きたもうひとつの出来事では急に冷静さを失うのが印象的だ。作中でも触れられている通り、タイトルの「ルビコン川を渡る」とは古代ローマの政治家、ユリウス・カエサルの故事に由来する、後戻りできない決断の慣用句である。作中では、合宿所の男子宿泊棟と女子宿泊棟のあいだの赤土がルビコン川に見立てられているのだが、幕切れで再びこの故事が引き合いに出されることで余韻が深みを増している。

第四話「その訳を知りたい」（初出《小説推理》二〇二二年六月号）の語り手は、第一話と第三話で重要な役割を担った佐竹優希である。彼女は自分が卒業した中学校から講演を依頼された。久々に母校を訪れた彼女は恩師の倉橋から、後輩の秦ちなつの身に中学時代に起きたある出来事を知らされる。

本書の中でも特にビターな印象のエピソードである。本書に登場する「犯人」のうち、ここまで理不尽な悪意を露《あらわ》にする人物は他にいない。そんな「犯人」に佐竹が自分との違いを突きつけるラストがカタルシスを感じさせるが、同時に、作中には直接登場する場面のない清瀬が佐竹にとってどういう存在であるかが、彼女が視点人物になることで俄《にわ》かに浮上するのだ。

最後の第五話「真相は夕闇の中」(単行本書き下ろし)は、三たび清瀬が語り手を務めるエピソードである。文化祭実行委員室からパンフレットを入れた段ボール五箱が消えたが、校舎の裏手のゴミ集積場で無事発見された。しかし、三年生の高比良は誰が持ち出したかという謎の解明にこだわる。彼の指令で、清瀬と親友のユウは誰が実行委員室の鍵を借りたかを確認することになった。

第一話の鴻巣、第二話の染谷など、本書ではいかにも名探偵的な言動の人物が推理を外す傾向があるけれども、その傾向が最も顕著なのが本作で、高比良ははっきりと「駄目な安楽椅子探偵」として描かれている。道化的な「名探偵」、その裏で真相に到達する二人の人物——というキャラクター配置は、第一話の再演のようでもある。

鴻巣や染谷や高比良が真の探偵役たり得ないのだとすれば、清瀬が全篇を通しての探偵役なのだろうか。確かに彼は冷静沈着で洞察力に優れ、真相を早い段階で見抜くものの、自らを「凡人」と規定している彼の本領はむしろ事態を収束させる才能であり、時として、彼の動きがミステリにおける「犯人」または「共犯者」の役割に近い場合さえあるのだ。そんな清瀬の思惑について洞察し理解する佐竹こそが、真の探偵役を務める時もあるのだ。ネタばらしにならないようぼかして記せば、BはAのことだけを見ていて、CはそんなBをいつも見ている——本書を貫いているのはそのような切ない人間関係の構図であり、清瀬や佐竹の推理そのものより、そんな推理に至った彼らの心情こそが重要であるという点から、著者の真に描きたかったことが窺えるのだ。

二〇二三年、著者は第二作『まだ終わらないで、文化祭』を双葉社から上梓した。舞台は本書と同じ八津丘高校。文化祭の初日、ある不祥事が発生した二年前の文化祭のポスターが校内の掲示板に貼られていたという謎をメインとする群像劇である。この作品から読んでも問題はないものの、清瀬や佐竹など本書の登場人物のうち数人が再登場している。異なる人物の視点から描かれることで彼らの新たな面が見えてくるので、本書の読後にはこちらも是非読んでいただきたい。

現時点で単行本化されている二冊を読む限り、著者の作風の最大の美点は、十代ならではの自意識の丁寧かつ鋭利な描写にある。強がりながらも脆さを内心に秘め、劣等感や憧憬や鬱屈といった感情に振り回される——誰もが経験したことがある、あの日々。著者の小説における「日常の謎」とは、少年少女たちがそんな自分の姿と改めて向き合う機会に他ならない。また、自分を凝視するにはそれを映し出す他者という鏡が必要である以上、この二冊が群像劇のスタイルで書かれているのも道理と言えよう。自分が何者なのかを模索する若者たちの惑いを浮き彫りにする著者の筆致は、大人の読者にも自分たちの青春時代を振り返らせるような繊細さに溢れている。

本書は二〇二二年六月に刊行された同名の作品に
加筆修正を行い文庫化したものです。

双葉文庫

ふ-34-01

その意図《いと》は見《み》えなくて

2024年5月18日　第1刷発行

【著者】
藤《ふじ》つかさ

【発行者】
箕浦克史
【発行所】
株式会社双葉社
〒162-8540 東京都新宿区東五軒町3番28号
［電話］03-5261-4818（営業部）　03-5261-4831（編集部）
www.futabasha.co.jp（双葉社の書籍・コミックが買えます）
【印刷所】
大日本印刷株式会社
【製本所】
大日本印刷株式会社
【カバー印刷】
株式会社久栄社
【DTP】
株式会社ビーワークス

【フォーマット・デザイン】
日下潤一

ISBN978-4-575-52753-7 C0193
Printed in Japan

双葉文庫　好評既刊

人類最初の殺人

上田未来

どんな犯罪にも「起源」がある。殺人、詐欺、盗聴、誘拐、密室殺人……様々な犯罪の起源を描いた驚きの五篇を収録。小説推理新人賞出身の作家によるデビュー作。すべてのミステリーの原点がここに！

双葉文庫　好評既刊

4ページミステリー　震える黒

蒼井上鷹

たった4ページで起こる、謎と推理。すべての行が伏線に⁉　傑作ショートショートミステリー集「4ページミステリー」の第三弾は、書き下ろしを含む61編を収録。ちょっとした待ち時間や移動時間に最適の一冊。